D1433571

Duivendrop

Ander werk van Dirk Weber

Kies mij! (2005) Vlag en Wimpel van de Griffeljury 2006

Dirk Weber

Duivendrop

Amsterdam · Antwerpen
Em. Querido's Uitgeverij BV
2008

www.queridokind.nl
www.dirkweber.nl

STICHTING NEDERLANDSE
KINDERJURY
2009

De schrijver ontving voor het schrijven van dit boek een stimuleringsbeurs van het Nederlands en van het Vlaams Fonds voor de Letteren

Omslag Brigitte Slangen
Omslagbeeld Getty Images

ISBN 978 90 451 0582 6 / NUR 283

Een duif

Met mijn linkerhand houd ik me vast aan mijn vader, met mijn rechterhand klem ik de doos tegen me aan. We praten niet, we zouden elkaar toch niet verstaan want er zit een scheurtje in de uitlaat. Ik heb ook helemaal geen zin om te praten. Blanche zit in de doos. Ik voel het als ze beweegt en dat maakt me gelukkig. 'Een mooi exemplaar' zei de keurmeester, en dat is ze. En ze is van mij. Jaren heb ik erom gebedeld, steeds was het 'straks, later, als je ouder bent'. Maar nu heb ik een duif van mijzelf.

Het is een behoorlijk eind van de duivenvereniging terug naar huis en ik ben blij dat ik niet hoef te fietsen. We rijden door Overwater, langs ons oude huisje en langs school. We steken de rivier over en komen in de oude wijken. De huizen worden groter, de straten breder, rustiger en groener. En in de mooiste straat, daar wonen wij. Een brede laan met in het midden een plantsoen met hoge bomen. Met grote huizen, allemaal oud en statig. Mensen kijken ons na als we langskomen, ik ben het gewend, ze deden het ook al toen de uitlaat nog heel was.

Vader gaat achterom. Het geluid van de brommer ketst heen en weer in de smalle brandgang. Het is oorverdovend. De motor slaat af en het gewone buitengeluid springt tevoorschijn. Vogels, twee duiven, verder is het stil. Ik loop naar de keukendeur.

'Hallo?'

Niemand. Op tafel ligt een briefje.

Alexander en Peter,
Wat nog gebeuren moet:
Hekdeur voor huis
Raam keukendeur
Kraan slaapkamer stoplekken
Lamp gang boven
Jullie eten is voorbereid in de koelkast, om zeven uur keer ik terug.
K.

'Ze is er niet. Gaan we nu eerst de duiven doen?'

Vader knikt. Duiven zijn het belangrijkste, niets komt daarvóór, soms zelfs moeder niet en ik kan zien dat hij het fijn vindt dat ik dat begrijp. Ik volg hem als hij het duivenhok binnenstapt. De duiven zaten in hun nisjes te soezen, maar nu zijn ze wakker. Ik haal Blanche uit de doos en zet haar in het nisje dat ik voor haar gereserveerd heb. Ze draait haar kop en we kijken elkaar aan. Ik geloof dat ze me aardig vindt.

Het Bella Rademakerhuis

Het Bella Rademakerhuis is een bejaardenhuis maar het zit in een gewoon huis, een heel groot huis, dat wel. Moeder werkt er, en zo zijn we aan ons huis op de Overste van Hamellaan gekomen.

Mevrouw Deinse woonde eerst in ons huis. Ze viel in de badkamer en brak haar been. Omdat ze niet voor zichzelf kon zorgen kwam ze een tijdje in het Bella Rademakerhuis, tot het been weer heel was. Maar ze bleef, zelfs toen ze al lang weer kon lopen. En toen ging ze dood. De notaris kwam en vertelde dat de weduwe haar huis aan moeder had nagelaten. Moeder viel flauw, ze kwam bij en drie weken later waren we verhuisd.

Ik loop met het koffiewagentje door de gang. De kopjes rinkelen, de lepeltjes rammelen. Moeder loopt voorop, ik volg, samen een tweemansfanfare.

'Eerst naar de Dames.'

De Dames wonen naast elkaar in kamer 11 en 13. De ene gaf les op de toneelschool, de andere was gouvernante. Moeder neemt hun koffiegesprek op met een cassetterecorder.

'Goedemorgen dames,' zegt moeder als ze binnenloopt. 'Goedemorgen Katrin, Alexander.'

Moeder zet de koffie neer, bedient ze alsof ze in een restaurant zitten. Ze zet de recorder op tafel naast het schaaltje met koekjes. 'Nog anders misschien?'

'Nog íéts anders misschien? Nee hoor Katrin, zet hem maar aan.'

Moeder doet de recorder aan, het lampje gaat branden. Ze houdt haar vinger voor haar lippen om me te laten zien dat ik stil moet zijn en dan sluipen we de kamer uit. Achter ons beginnen de Dames met elkaar te praten. Straks, op de late ronde, neemt moeder de opgenomen cassette weer mee.

Moeder kijkt op haar horloge. 'Ga maar naar huis, je moet ook nog huiswerk maken. Vergeet het eten niet.'

In de keuken pak ik een rek met pannetjes en fiets zo snel ik kan naar huis.

Vader zit op het muurtje voor de deur, een collega staat over de motor van onze auto gebogen, de motorkap open als de muil van een beest dat hem al half opgegeten heeft. Op nummer 9 en 11 staan ze van achter het raam toe te kijken.

'Als de auto straks gemaakt is, mag Blanche dan los?'

'Ja, ja, als het gerepareerd is, anders morgen.'

De collega vloekt als iets van metaal klingelend door de motor heen op de grond valt.

Ik dek de tafel en wacht tot het donker wordt en te laat is.

Postfris

Moeder bladert driftig door de postzegelcatalogus. In de bek van de pincet zit een blauwe zegel. Ze houdt hem steeds naast een plaatje in het boek, maar zelfs met haar bril op kan ze hem niet terugvinden.

'Zal ik het doen?'

Ze doet haar bril af en legt de pincet neer. Ik denk dat ze blij is dat ze ervan af is en ik vind het leuk.

Nog maar een paar en dan is het rode boek ook gedaan. Ik haal de laatste zegels eruit, kijk of ze beschadigd zijn en zoek de waarde op in de catalogus. Die schrijf ik in het schrift en dan steek ik ze weer terug.

Moeder loopt door de kamer en kijkt rond. Dat doet ze soms, dan kijkt ze alsof ze het niet helemaal gelooft, staat ze stil bij het lage kastje en kijkt naar de foto van ons voor het huis. Het lijken vakantiefoto's, foto's die je maakt om te laten zien dat je ergens geweest bent: kijk hier staan we samen voor de Eiffeltoren, dit zijn wij bij die mooie waterval. Bij ons: kijk, dit zijn wij en dit is ons huis. Een paar foto's heeft moeder gemaakt met de zelfontspanner en een tuinstoel. De mislukte zijn ook wel leuk. Op de eerste loopt moeder terug naar de camera, omdat ze denkt dat hij niet meer afgaat. Op de tweede staat de achterkant van een auto, op de derde een halve buurvrouw en de staart van Rex. De vierde heeft de buurvrouw gemaakt. De vijfde ook, maar die is wel scherp. Jammer dat vader net moest niezen. Op de zesde kijkt hij wel naar de camera. Van die laatste heeft moeder een heel stapeltje. Er staat er een op het kastje, een in de glazenkast. Ze heeft er ook een paar opgestuurd naar haar zus.

'Klaar.' Als ik opkijk staat moeder me aan te kijken.

'Mijn slim mannetje,' zegt ze. 'Hoeveel brengt het bij elkaar?'

'241 euro.'

'Mooi.' Ze pakt het boek en klapt het dicht. 'Ik geef 100.'

Sommige bewoners van het Bella Rademakerhuis hebben meer spullen dan geld en moeder helpt ze door dingen over te nemen. Munten of postzegels, schilderijen of zilver. Zelf verkoopt ze het meteen weer door, want ze verdient niet genoeg om het te bewaren. Vader trouwens ook niet. Gelukkig is hij wel handig, want het huis is groot en oud en wat kapot is vult lijstjes van moeder.

Ik ga nog heel even naar het duivenhok, kijk door het raampje en zie haar zitten. Dan ga ik naar boven. Ik slaap op zolder. Er zijn beneden kamers genoeg maar zo hoog in het huis leek me fijn. Erg groot is mijn kamer niet, het is een bediendekamer geweest en alleen als je op je tenen gaat staan kan je door het raampje de straat zien. Mijn bed staat onder het schuine dak, het hoofdeinde net boven de dakgoot. 's Morgens word ik wakker van de zinken voetstapjes van de duiven in de goot. Morgen mag Blanche voor het eerst los. 'Wat nou als ze niet terugkomt,' had ik mijn vader gevraagd. 'Als ze niet meteen terugkomt hoeft ze van mij helemaal niet terug te komen,' zei hij. En dus denk ik aan alles wat Blanche kan overkomen als ze vrij is. Dat ze vast komt te zitten in het gaas over de bessenstruik van de buurvrouw, of dat ze ergens naar binnen vliegt en niet meer naar buiten kan. Ik kijk door het dakraam naar de inktblauwe lucht en val pas in slaap als de Blanche-witte maan naar binnen kijkt.

Blanche

'Alexander?'

De halve klas zit achterstevoren naar me te kijken.

'Ja juf.'

'Ah, je bent er weer. Welkom terug.'

Een paar kinderen lachen, ik kan zien dat de juf niet echt boos op me is. Ze heeft gelijk. Ik was weg. In mijn gedachten zat ik op het bankje voor het duivenhok en keek omhoog naar de duiven die rond het huis vlogen. De grijze en rode van vader en daartussen die ene witte. De rest van de dag let ik op. Als ik na school wegfiets roept de juf me nog na: 'Van-avond op tijd naar bed, denk erom!'

Ik steek mijn hand op en lach. Als je niet weet wat je moet zeggen is lachen het beste. Dan bedenken ze zelf wat je antwoord is.

'Gewoon opendoen?'

Vader knikt. Voor hem is dit gewoon, hij heeft het al zo vaak gedaan, maar voor mij is het de eerste keer. Blanche zit niet vast, ze kan zo weg. Heel even twijfel ik. Liever één duif in het hok... Voor ik me kan bedenken stapt ze tussen de trengels door naar buiten. Op de plank kijkt ze verbaasd rond. Dan hoort ze de andere duiven en vliegt ze klepperend op.

Ik ga naast vader op het bankje zitten en kijk hoe de duiven in grote cirkels over het huis vliegen.

'Alexander, ga jij nu tafeldekken?'

'Heel even nog mam, ze komen zo terug.'

Moeder komt nog drie keer vragen hoe lang het nog

duurt. Vader is al naar binnen en ik kijk en luister en wacht. Ik zie hoe vader op zijn horloge kijkt. Waar blijft ze?

'Alexander?'

'Even nog?'

Vader draait ze zo de nek om. Ik heb het gezien, ik heb het gehoord. Het maakt hetzelfde geluid als wanneer je het groen van een bos wortels draait. Als het aan moeder lag zouden we ze nog opeten ook. Zonde om weg te gooien vindt ze het, maar vader wil het niet en ik heb haar verteld dat de buurvrouw gezegd heeft dat je in ons land je huisdieren niet hoort op te eten. En daarom begraven we de duiven die te oud zijn of veel te laat terugkomen.

'Alexander, het eten staat op tafel.'

'Ja pap, heel even nog? Volgens mij hoor ik ze komen.' Ik lieg, ik hoor niks, maar plotseling is ze er toch. Ze landt op de plank en scharrelt tussen de trengels door het hok in. Ik lach alsof ik jarig ben en ga snel naar binnen.

Vader weet niet hoe het hoort. Moeder wel. Ze heeft het zichzelf uit een etiquetteboekje geleerd. Vroeger vond moeder het nog niet zo belangrijk, maar nu we in de Overste van Hamellaan wonen, let ze erop en wijst ze vader bij iedere maaltijd wel een paar keer op dingen die hij fout doet. Dat hij prakt, dat hij smakt, dat hij aardappels doorsnijdt en niet met zijn vork verdeelt. Het is niet dat hij het niet wil, hij probeert het echt, maar om de een of andere reden lukt het hem niet. Moeder wordt er chagrijnig van en dat wordt nog erger als vader ook nog over geld begint. Hij heeft het eerder gezegd, dat het huis te groot, te oud en te duur is. 'Als we het nou eens verkopen en weer in Overwater gaan wonen...'

'Ga jij maar. Ga maar alleen. Ik en Alexander blijven hier. Voor de eeuwigtijd,' zegt moeder. Dan staat ze op en pakt de lege schalen. 'O ja, ik heb een afspraak gemaakt met de buurvrouw voor morgenmiddag. Jullie gaan met de auto spullen wegbrengen naar het vakantiehuis.' Ze wacht ons antwoord niet af maar loopt naar de keuken.

Vader moppert over de lijst met dingen die nog moeten gebeuren, over geen tijd en geen geld en de buurvrouw die het zelf maar moet uitzoeken, maar hij slikt het in als moeder terugkomt.

'Ja?'

'Lekker, yoghurt.'

Vader laat – per ongeluk – nog een boer en krijgt daarvoor van moeder – expres – een schop tegen zijn scheen.

Mon Refuge

Als ik kon kiezen dan ging ik hier slapen. Dan haalde ik mijn bed van zolder en zette het in het duivenhok. Ik maak de hokjes schoon, vul de voerbakjes en ververs het water. Ze praten tegen me. Ik versta ze niet maar ik begrijp ze wel, net als ik mijn moeder begrijp als ze in haar eigen taal wat zegt, en dat ik hoor dat mijn vader chagrijnig is aan de manier waarop hij de tuindeur opendoet. In de keuken moppert hij over 'Frans krot' en 'olieboot' en ik snap dat het over de auto gaat. Moeder doet het bovenraampje dicht, maar ik kan haar toch nog horen ketteren. Als ze tien minuten later naar buiten komt is ze rustig.

'Alexander? De auto is nog ongerepareerd. Vader is nu niet nuttig, ga maar zonder hem.'

Bij de tuindeur van de buurvrouw hangt een bel, zo'n oude koperen met een touw. Ik hoef niet meer te bellen maar doe het toch, dat ze weet dat ik eraan kom.

'Zo jongen, ben je daar.' De buurvrouw zit aan de keukentafel en knipt met een nagelschaartje de wortels van een heel klein boompje bij. Voorzichtig zet ze het boompje terug in de pot en drukt de aarde aan. 'Mijn trots. Weet je wat een bonsaiboompje is?'

Nee, dat weet ik niet.

'Het is een kunst. Knippen, snoeien, zo houd je ze klein. Het zijn volwassen bomen moet je weten.'

Ik kijk naar het kronkelige boompje en ik krijg bijna medelijden.

Rex komt traag overeind, rekt zich uitgebreid uit en gaapt.

'Nee, jongen. Alexander komt niet voor jou, hij moet mij helpen.'

Ik vertel haar over de auto maar ze weet het al. Ze heeft haar fiets klaargezet, met de fietskar erachter. Normaal zit Rex erin maar nu is het een bagagewagen. Heel veel spullen heeft de buurvrouw niet, ze passen bijna allemaal in het wagentje. Mijn fietstassen zijn nog lang niet vol en dat brengt me op een idee: vindt de buurvrouw het goed als ik mijn duif meeneem, om te oefenen? Ze vindt het goed.

Ik haal Blanche, we hebben er thuis een speciaal reiskistje voor, en dan gaan we. We zigzaggen door de buurt, als een boot die tegen de wind in moet varen, links, rechts, links en intussen vertelt de buurvrouw over de straten waar we door komen, over de mensen die ooit in de huizen woonden en wie ervoor in de plaats gekomen zijn. Ze vraagt over school en vertelt over haar eigen schooltijd. 'Een goede school, streng ook.' Ze houdt van regels, de buurvrouw, net als moeder.

Moeder vraagt de buurvrouw soms om advies. Ze heeft haar gevraagd of ze mij kan leren netjes te eten, want uit een boekje leer je zoiets niet. In ruil voor de klusjes die ik bij de buurvrouw doe, krijg ik Tafelmanieren. Hoe je hoort te zitten, welk glas je gebruikt, wat je snijdt en wat niet, waarover je praat en hoe je op de nette manier een visgraat of een glazige aardappel uit je mond haalt. 'Goede manieren openen iedere deur,' zegt de buurvrouw altijd. Het is echt belangrijk, maar op school vertel ik er maar niet over.

We zijn nu bijna bij de rivier. Ik vertel over Blanche. Dat ik haar Blanche heb genoemd omdat ze wit is en omdat het mooi klinkt en ook omdat mijn vader zegt dat het een goede naam voor een witte Delbar is, en dat hij het kan weten. We fietsen langs de kazerne. Ik kom er vaker langs, als ik Rex uitlaat. Vandaag ruikt het er naar pepermunt.

'Is dit geen mooie plek?'

Midden op de brug staan we stil. Ik knik en pak het kistje. Als je vanaf hier naar de stad kijkt, zie je achter de kazerne de oude wijken liggen. Het is niet heel ver naar huis. Ik doe voorzichtig het deksel open en pak Blanche. Als ik haar opgooi, vliegt ze een ruime bocht om ons heen voor ze naar de stad terug vliegt.

'Zo,' zegt de buurvrouw, 'die is weg.'

Ze heeft slechtere ogen dan ik want ik zie Blanche nog duidelijk. Terwijl ik doorfiets kijk ik af en toe om en probeer haar terug te vinden. Na drie keer lukt het niet meer.

In Oktober was ik voor het laatst aan deze kant van de rivier. Moeder en ik gingen paddestoelen zoeken, net als ieder jaar. Mijn moeder heeft gevoel voor paddestoelen. Ze weet precies wanneer ze er zijn, waar ze staan en wat het goede moment is om ze te plukken. Die laatste keer zetten we onze fiets bij het hek aan de ingang van het bos, liepen een stukje over het pad en sloegen toen zomaar af. Waar moeder vandaan komt lopen ze niet over paden, die zijn er niet eens. Trouwens, als je op de paden blijft, vind je geen eekhoorntjesbrood. Aan het einde van de ochtend hadden we misschien wel een kilo paddestoelen. 'Een goed jaar,' zei moeder steeds. 'Een heel goed jaar,' net of het over wijn ging. Af en toe hield ze haar hoofd boven de zak, om even te kijken, of om de grondlucht op te snuiven. Toen we genoeg hadden liepen we terug naar het pad.

Ik zag hem als eerste. Een eindje verder op het pad liep een boswachter. Ik tikte mijn moeder op haar arm en wees.

'Ach, bospolitie' zei moeder 'die is niet belangrijk. We schuilen even.'

We wachtten tot hij verdwenen was en liepen terug naar

de fietsen. Moeder wilde de paddestoelen in haar fietstas stoppen en juist op dat moment kwam er een vrouw aanlopen met een regenjas en een plastic hoedje. Ze had een hond aan de riem die naar me kwispelde, maar toen hij naar me toe wilde lopen, rukte de vrouw aan de riem en sleepte hem verder.

Moeder gespte haar fietstas dicht en wilde net opstappen toen de vrouw bleef staan, zich omdraaide en riep: 'Schande! Paddestoelen plukken, dat is diefstal! U mag ook helemaal niet van het pad af. Dat staat duidelijk op de borden: op de paden blijven. U moet zich schamen.'

Moeder stond doodstil en keek me aan. 'Ze maakt grapjes, ja?'

Ik haalde mijn schouders op en knikte naar het groene bordje. 'Het staat er wel.'

'Ja,' zei moeder half lachend, 'op een bord. Dat is anders. Toch?' Ze keek de vrouw na, die was doorgelopen. 'Toch?' Ze had rode wangen gekregen. De hele weg terug zei ze helemaal niets.

Hozéma Park, verboden toegang voor onbevoegden.
Er is een slagboom en een parkeerterrein met kiezels met rondom hoge struiken. De buurvrouw stuurt de fiets door het doolhof van heggen en ik volg. Dan stapt ze af.

'Voilà, Mon Refuge.'

Het is een laag wit huisje in een grote tuin. Er staan fruitbomen en vooraan is een groentetuintje.

'Dat doet de buurman voor me nu ik niet zo vaak meer kom.' Ze wijst op de groentetuin waar de plantjes netjes in rijen staan. 'Wortels, tomaten, prei en daar de kruiden.' Ze pakt een sleutel van onder een grijze tuinkabouter ('mijn geheime bergplaats') en doet de deur open. Leuk is het, met stoelen, een bank en een tafel en met behang aan de muur.

Net een echt huis, maar dan klein, alsof het speelgoed is. Vader zou het ook leuk vinden, het ziet eruit alsof er niet veel aan kapot kan.

Ik haal de bladeren uit de dakgoot en maai het gras, de buurvrouw schoffelt de groentetuin en ruimt de spullen in die ze meegenomen heeft. Later drinken we thee op het bankje voor het huis.

'Moet je nog ergens heen? Je doet zo onrustig.'

Ik doe verbaasd ('helemaal niet, écht niet'), ga zo ontspannen mogelijk zitten en bedenk dat ik daar beter op moet letten. Het is vervelend als iedereen zomaar bij je naar binnen kijkt.

Ik wou dat ze wat sneller fietste. Blanche is vast al thuis maar ik moet het natuurlijk nog wel zien. En dan stopt de buurvrouw ook nog bij Olmer.

'Ach, loop nog even mee wil je.'

Ik ben al vaker langs Olmer gelopen, maar ik ben nog nooit binnen geweest. Het is de enige winkel bij ons in de buurt, maar hij is meer voor oude mensen. De etalage staat tot het plafond volgestapeld met emmers, teilen, borstels, keukenmessen, schaatsen, potjes, tubes en flessen. Binnen is het even vol als in de etalage, het lijkt wel een magazijn. Overal staan rekken en schappen, allemaal volgestouwd met spullen. Vanachter een kast komt een man tevoorschijn. Hij heeft een witte jas aan, alsof hij dokter is. Zijn haar is vanachter kort, opgeschoren, van voren zit het in een scherpe scheiding.

'Hallo Olmer, alles goed?'

Olmer kent de buurvrouw, dat kan je zien, maar hij is zo beleefd dat het lijkt alsof hij een beetje bang is. Hij blijft veilig achter de toonbank staan.

Het is een rare winkel. Tussen alle gewone dingen staan vreemde dingen die doen alsof ze ook gewoon zijn. En het wordt nog vreemder als ik de buurvrouw haar boodschappenlijstje hoor voorlezen. Zo moet moeder zich soms ook voelen. Dat er woorden zijn, maar dat je niet weet welke dingen er bij horen (of dat die dingen zelfs maar bestaan). Flessenlikker, uierzalf, wilgenborstel. Olmer lacht niet dus ik denk dat ze bestaan.

'En een onsje bonkels.'

De bonkels zitten in een pot, de potten zijn opgestapeld in een rek, een beetje als de nisjes van de duiven.

'Jongeman?' Olmer steekt me een scheplepel met bonkels toe.

'Proef maar,' zegt de buurvrouw.

Olmer knikt ook en heel even denk ik dat het een medicijn is en heel smerig. Voorzichtig steek ik er een in mijn mond. Eigenlijk smaakt hij naar niets, die bonkel. Hij is hard. Maar als hij een beetje opgelost is ontsnapt de smaak; zoethout en vanille en een beetje laurier. 'Lekker!'

Olmer kijkt me tijdens het proeven aandachtig aan, maar nu, na het 'lekker' klaart zijn gezicht op en laat hij zijn grauwe tanden zien. Hij pakt een tweede puntzak en schept er drop in.

'Voor jou.'

De buurvrouw en Olmer lachen naar me alsof ik lid geworden ben van hun club en ik grijns terug met de bonkel achter mijn tanden.

Mijn moeder lust geen drop. De eerste keer dat iemand haar een dropje gaf, dacht ze dat het nare grap was, zo vies vond ze het. Ze moest er bijna van overgeven. Vader houdt er ook niet van. Waarom ik het dan wel lekker vind, snap ik ook niet. Ik dacht dat zoiets niet kon.

Kan je verliefd zijn op een duif? Want zo voelt het als ik haar zie. Ze zit me op het afdakje op te wachten. Ik voel me heel gelukkig want ze hoefde niet terug te komen maar ze deed het toch. 'Ze komen altijd terug,' zegt vader. 'Altijd, behalve als er wat is gebeurd.' Als je het zo zegt, ben je pas gerust als ze echt binnen zijn.

Onzichtbare draadjes

Na de vorige keer ben ik niet zo zenuwachtig meer. Tussen Blanche en mij zit een onzichtbaar draadje. Het is net als bij de vissers bij de rivier. Als ze beet hebben, kunnen ze de draad een eindje laten vieren, want ze weten dat ze de vis toch binnen kunnen halen wanneer ze dat willen.

Deze keer steek ik de rivier helemaal over en fiets tot vlak bij het huisje van de buurvrouw. Daar laat ik Blanche los.

'Tot zo,' roep ik haar na, dan fiets ik achter haar aan terug naar huis.

Moeder zit aan de keukentafel. Voor haar staat de cassetterecorder.

'Goeduhmorrgunn buurvraew. Hoe gaet haet maet eu?'

'Priemae, dank eu.'

'Wilt eu kaffie?'

'Gaahrnu.'

Moeder praat de Dames hardop na, spoelt terug en probeert het zo precies mogelijk na te zeggen. Dan ziet ze me in de deuropening staan.

'Alexander! Waar was je! Buurvrouw heeft getelefoneerd. Je was zeker bij die duif. Ga snel naar buurvrouw, de hond rondlaten.'

Sinds we verhuisd zijn, oefent moeder iedere dag op haar uitspraak. Ze heeft mij gevraagd om haar taalfouten te verbeteren. Ik doe het niet graag, ik voel me een wijsneus als ik haar op fouten wijs, maar ik begrijp dat ik haar ermee help. Eigenlijk ben ik ook een beetje bang dat ze er achter komt als ik het niet doe.

'Uítlaten, de hond uitlaten.'
'Uitlaten, dat zeg ik. Schiet maar om.'
'Op.'
'Wat?'
'Opschieten. Schiet maar óp.'
'Op de hond?'

De buurvrouw had niet gebeld om te vragen of ik Rex wilde uitlaten, want die ligt te slapen op zijn poef. Ze wilde weten of ik de ladder van vader kon meenemen om de bovenramen te zemen. Ik kan de ladder wel dragen, maar het sturen gaat moeilijk in de nauwe brandgang en de buurvrouw helpt niet erg. Ze loopt vooral in de weg. Kan ik nog zeggen dat ik eigenlijk toch wel een beetje bang ben?

'Lukt het zo?' vraagt de buurvrouw als ze me de emmer geeft.

'Ik denk het wel.' Het klinkt zekerder dan ik me voel. Als ik omhoog klim veert de trap dansend door. Maar alles went en na twee ramen voel ik me al meer op mijn gemak.

Ik luister naar de duiven en kijk af en toe of Blanche erbij is. Dan zijn de vieze ramen op. Als ik de ladder teruggelegd heb in de schuur, veeg ik de stoep en hark de losse bladeren van het gras. Ik schrik op van het geluid van de brommer, duik onder de heg door, pak de stoffer en het blik en doe alsof ik net het duivenhok in wil lopen.

'En?'

'Heel goed, ze was sneller terug dan ikzelf. Zal ik de rest ook even doen?'

Vader glimlacht. 'Doe dat maar.'

Ik stap het duivenhok binnen en kijk hoe vader het huis in gaat. Dan glip ik snel weer onder de heg door en ruim de spullen bij de buurvrouw op. Ze heeft me niet gemist. Ik zeg dag en kruip weer terug. In het hok wacht ik, zie ik de duiven van vader een voor een binnenkomen, maar Blanche is er niet bij. Ik maak het hok schoon en kijk naar de donkere lucht. Ergens daarbuiten is Blanche. Als vader te weten komt dat ze nog niet terug is, kan ze maar beter helemaal wegblijven. Dat nog liever dan dat mijn vader haar de kop omdraait.

De Kazerne

Alle vogels slapen buiten. Daar kunnen ze tegen, ik weet het. Het heeft zelfs niet geregend en koud is het ook niet meer. En toch kon ik er slecht van slapen. In het hok is ze veilig, buiten zijn katten en auto's en aan de overkant van de rivier zelfs vossen. Nog voor mijn vader ben ik beneden. Ik ga stil naar buiten en kijk in het hok, maar ze is er niet.

Als vader beneden komt, zit ik aan de keukentafel. Hij kijkt een beetje vreemd als ik zeg dat ik de duiven vandaag wel doe, maar waarschijnlijk denkt hij dat ik het gewoon leuk vind. Dat hoop ik dan maar.

Direct na school rij ik naar de plek waar ik haar losgelaten heb. Ik heb een bus snoepgoed meegenomen, zaadjes en pitjes waar ze echt van houdt, en op de terugweg stop ik af en toe even om de bus te schudden.

Heb ik me ooit afgevraagd wat er achter de kazernemuur is? Ik heb in ieder geval nooit moeite gedaan om het te weten te komen. 'Nieuwsgierig is dat je teveel tijd hebt,' dat zegt moeder. Maar nu ik aan de andere kant van de muur duiven hoor, is het anders. Ik hoor klepperen en ritselen, het klinkt als voedertijd. Er komt een duif aanvliegen, ze landt op de muur en verdwijnt aan de andere kant. Ik roep maar krijg geen antwoord. Ik weet het gewoon: Blanche is daar.

'Hallo? Hallo? Is daar iemand?' Aan de andere kant van de muur hoor ik de duiven koeren en klepperen met hun vleugels. Ze eten. 'Hallo? Is mijn duif daar? Een witte.'

Als er iemand is doet hij heel stil, hij geeft in ieder geval geen antwoord. Ik schud het blik, bijna tegelijk hoor ik de duiven aan de andere kant opvliegen. Samen met vijf, zes andere duiven komt Blanche over de muur. Ik pak een handje voer en strooi het op de grond voor mijn voeten. Blanche laat zich gemakkelijk pakken en in het kistje doen.

Ik zou over de muur willen roepen dat ze geen voer moeten laten slingeren, dat de duiven ervan in de war raken en dat het gevaarlijk voor ze is. Dat mijn vader geen geduld heeft met duiven die te laat terugkomen. Maar ik ben te blij dat ik Blanche weer heb, pak mijn fiets en rij snel naar huis.

Uit

Ik heb de mensen bij ons in de straat ingedeeld: tegen, voor en weet niet. De meeste zijn tegen. Ik voel het aan de manier waarop ze me groeten als ik met Rex voorbijkom, ik zie het aan hun stijve glimlach en hun handen. Ik hoor het aan de toon waarop ze praten en hoe die verandert als moeder en ik voorbij fietsen. Ik heb het van mijn moeder, die voelt dat heel goed. Die is erin geoefend omdat ze altijd twijfelt of ze het wel goed begrepen heeft, of mensen niet wat anders bedoelen. En daarom let ze op ogen en luistert ze ook als iemand stil is. Want wat iemand echt zegt zit niet in de woorden. Daar denk ik aan als ik met Rex wandel. Gelukkig let hij wel op de weg, mijn blindenhond. En zo kom ik ook langs de kazerne.

Rex is moe en als hij moe is gaat hij zitten. Ik heb wel eens geprobeerd hem mee te slepen, maar dan zet hij zich schrap en dan ben ik bang dat ik de kussentjes onder zijn voeten schaaf. Nu wacht ik gewoon tot hij verder wil. Ik ga zitten op het lage hekje langs het perk en kijk om me heen. Achter me de bakstenen muur van de kazerne, voor me de weg. Aan deze kant is het heel rustig want de straat loopt dood; als je doorloopt kom je bij de rivier. Als je de andere kant op gaat kom je bij een grote, drukkere weg. Als je daar rechts afslaat en de muur volgt kom je langs de voorkant van de kazerne. Er is een poort met twee hele hoge metalen deuren. Wat erachter is kan je niet zien. Ik wil er best even langs, maar Rex niet. Als ik rechts afsla gaat hij weer zitten en blaft een keer. Pas als ik omdraai wil hij lopen.

'Zo, jullie zijn lang weggeweest. Wil je thee?'

Rex kruipt op zijn poef en zucht.

'Buurvrouw, ik kwam met Rex langs de kazerne bij de rivier. Bent u er wel eens binnen geweest?'

'Nee, nooit. Waarom?'

'Ik vroeg het me af wie daarbinnen zijn. Zijn daar soldaten?'

'Daar vraag je me wat. Het wordt kazerne genoemd, maar ik geloof dat het een opslag is. Wacht even.' Ze zoekt wat in een ladekastje en haalt er een kaart uit. 'Even kijken,' zegt ze als ze hem openvouwt. 'Hier wonen wij, hier is Overwater, dit is de brug, zie je wel, en hier...' ze wijst met een gele wijsvinger, '...hier is de kazerne.'

Langs een brede blauwe strook, de rivier, zijn met rood de huizen getekend. De kazerne is een wit blok. *Min. van O.* staat in het wit geschreven.

'Ministerie van Oorlog, zo heette dat vroeger. Het was dus wel echt een kazerne. Maar het is een hele oude kaart.'

Ik kijk naar het witte blok op de kaart. De kazerne staat in de bocht van de rivier vlak naast het water. Aan een zijkant is een weg, de straat waar ik met Rex langs de muur liep. Aan de andere zijkant en aan de achterkant is het water. Het lijkt een fort aan de rand van de stad. Aan de overkant van de rivier beginnen de weilanden en die lopen door tot waar het bos begint.

De buurvrouw doopt haar vinger in een eierdopje dat naast de kaart op tafel staat. Als ze hem uit het dopje haalt, is hij met grijs poeder bedekt.

'En hier is mijn huisje.' Ze wijst met de bepoederde vinger naar een groen blok op de kaart. *Hozéma Park* staat er in kleine lettertjes. Ze steekt de vinger in haar mond, likt eraan en trekt hem er met een plop weer uit. 'Als ik jou was zou ik gewoon een keer aanbellen, als je het echt wilt weten.'

27

De buurvrouw kan het gemakkelijk zeggen, maar ik durf natuurlijk helemaal niet aan te bellen. 'Goedemiddag, ik kwam langs en wilde graag even binnen kijken. Waarom? Gewoon, zomaar.' Ik denk dat ik maar wat vaker met Rex langsga en hoop dat de deur een keer openstaat als ik langskom. Net als de mensen bij ons in de straat die steeds naar binnen proberen te loeren om te zien hoe het eruitziet nu wij er wonen.

De muur

Moeder staat te strijken. Ze neuriet zachtjes. Het raam staat open, duiven vliegen voorbij. Duiven! In vier sprongen ben ik beneden. Vader staat in de tuin en kijkt ze na. Ik hoef het niet eens te vragen. Tussen de grijze en roze duiven van mijn vader lijkt Blanche licht te geven.

Vader gaat werken, ik ga naar school, ik kom terug, de duiven van mijn vader komen terug, maar Blanche blijft weg. Met mijn fiets rij ik in steeds grotere cirkels door de wijk, langs de hoge bomen aan de achterkant van het plantsoen, voorbij het grindplaatsje waar andere duiven graag een stofbad nemen en dan verder in de richting van de kazerne.

Ik had er natuurlijk ook direct heen kunnen rijden. Al van ver hoor ik ze en eigenlijk weet ik ook meteen dat Blanche erbij is. Ik zet mijn fiets tegen de muur en pak het blik uit mijn fietstas. Het reiskistje zet ik ook alvast klaar. Ik maak kleine geluidjes en schud het blik. De vorige keer kwam ze meteen, maar nu gebeurt er niets. Nog een keer. Daar komt de eerste, een grijze. Ze landt op de muur en draait haar kop. Ik pak een handje voer en strooi het op de grond, dat werkte de vorige keer ook. Daar komt de volgende. En nog een. Ze landen voor me op de stoep, draaien en pikken de lekkerste zaadjes eruit.

Nog een keer schudden en dan is Blanche er ook. Ze landt op de bovenkant van de muur en kijkt me aan. Ik roep haar en ze wil juist opvliegen, als er aan de andere kant van de muur ook iemand met een blik schudt. Blanche twijfelt, draait zich om, draait naar mij als ik mijn blik schud en weer terug als direct daarna, als een echo, hetzelfde geluid van de andere kant klinkt. Dan hipt ze aan de verkeerde kant omlaag.

'Hé! Dat is mijn duif. Laat dat!'

De duiven bij mijn voeten schrikken van mijn geschreeuw en vliegen op.

'Hé, laat haar gaan, ze is van mij!'

Ik schop tegen de muur, stomme muur, lafaards aan de andere kant. Zeg dan wat!

Nu hoor ik niks meer, ook geen duiven. Als ze haar vasthouden dan zal ik ze.

'Hé! Laat haar los!'

Wat doen ze achter die muur, ik moet... Mijn fiets! Via de trapper stap ik op het achterrekje en dan op het zadel en zo kan ik bij de bovenrand. Een klein sprongetje en ik kan me optrekken, zoals je in het zwembad in het diepe op de kant moet komen.

Een binnenplaatsje met links en rechts een deur, aan de overkant een muur zonder raam of deur en tegen die muur een wankele stapel van vuilnisbakken en daarbovenop een jongen. Hij ziet er vreemd uit, met raar haar en ouderwetse kleren. Hij steekt zijn handen uit naar een duif die op de rand van de muur zit. Het is Blanche.

'Afblijven!' roep ik en dan gebeurt er van alles. De jongen draait zich met een ruk om, Blanche vliegt op, de vuilnisbak waarop de jongen staat verschuift. De jongen probeert zijn evenwicht te bewaren door de rand van de muur te pakken, maar de bak waarop hij staat glijdt weg en de stapel vuilnisbakken valt met een enorm kabaal in elkaar. De jongen komt met een schreeuw op de grond terecht. Ik schrik en zak van de muur. Met mijn voet zoek ik steun op mijn fiets. Ik had hem op slot moeten zetten, want nu rolt hij een klein stukje vooruit en verlies ik mijn evenwicht. Ik val, de fiets valt, het blik naast de fiets valt. En dan landt Blanche naast me en begint het graan te eten dat uit het blik gesprongen is.

Ik ben echt geschrokken. Straks heeft de jongen wat.

'Hallo? Gaat het?' roep ik.

Dat hij niet antwoordt maakt het niet beter. Ik moet er iemand bij halen. Snel stop ik Blanche in het kistje, graai ik alle spullen bij elkaar, doe het kistje met Blanche onder de snelbinders en spring op mijn fiets.

Er is geen bel. Ik klop op de deur maar die blijft dicht, ik roep maar het blijft stil. Juist als ik weg wil lopen gaan de poortdeuren open. Een blauwe bestelbus komt naar buiten en meteen gaan de deuren weer dicht. Ik steek mijn hand op, de man draait het raam omlaag.

'Er is een ongeluk gebeurd, op het binnenplaatsje om de hoek.'

De man in de auto kijkt me strak aan.

'Bij u binnen, een jongen, bij de vuilnisbakken. Hij is gevallen.'

'Er is binnen geen jongen.'

'Maar ik heb hem zelf gezien, met kort haar...'

'Je vergist je, er is hierbinnen geen jongen.' Dan draait hij het raam omhoog en rijdt weg.

Ik kijk de auto na. Ik wil nog een keer op de deur kloppen, maar ik bedenk me, rij terug naar de plaats bij de muur waar ik de jongen gezien heb en roep: 'Hallo? Gaat het met je? Ik wilde je niet laten schrikken, ik wilde alleen mijn duif terug. Ik hoop dat je je geen pijn gedaan hebt.'

Nu voel ik me nog dommer. Sta ik daar tegen een muur te praten. Ik kan maar beter gaan.

Vreemd

Moeder staat me in de voorkamer op te wachten. 'En?'

Nu moet ik oppassen. Als ik 'leuk' zeg, vraagt ze wát ik leuk vind en dan moet ik iets aan kunnen wijzen. Het lijkt zo'n spelletje, zoek de tien verschillen. Ik weet dat ze de hele middag bezig is geweest, dat alle meubels ergens anders gestaan hebben, maar nu, na afloop, staat alles weer op de oude plek. Eigenlijk weet mijn moeder niet wat ze mooi vindt en is ze bang dat de buurvrouw komt en aan het verkeerde tafelkleed, de rare gordijnen of een vreemd schilderij ziet dat moeder een verkeerde smaak heeft. Daarom heeft ze de woonkamer ook gelaten zoals de weduwe hem ingericht had.

'Nou?'

'De lamp, de lamp staat anders, leuk.'

'Veel beter denk ik, smaakvoller.'

Mijn moeder is raar. Niet opvallend raar, zoals de jongen in de kazerne. Aan de buitenkant zie je het niet en je hoort het maar een beetje, maar als je oplet merk je het. Alsof ze een toneelspeelster is die een gewoon iemand speelt. Soms ben ik bang dat andere mensen dat ook zien. Dat ze voor hen net zo raar is als die jongen met dat rare haar en die rare kleren. Op welke school zou hij zitten? Zouden ze hem pesten? En waarom zei die man dat er binnen geen jongen was?

Contact

'Als je niet wil dat ze vliegt, had je beter een pietje of een kwartel kunnen nemen.'

Langzaam doe ik de uitvliegklep omhoog en laat haar naar buiten. Ik voel me rot. Blanche kijkt me spottend aan, ze vliegt niet eens weg, maar loopt een beetje rond te stappen. Net alsof ze weet dat ik me toch niet kan bedenken met mijn vader in de buurt. Als ze dan eindelijk opvliegt is het maar een kort stukje en verdwijnt ze achter de schutting.

Ik heb een slecht voorgevoel. In de klas let ik niet goed op en met gym krijg ik een bal in mijn gezicht. 'Opletten,' roepen ze dan, als het al gebeurd is.

Blanche is er niet, ik wist het. Gelukkig is vader met andere dingen bezig. Iemand heeft geklaagd over onze auto. Hij lekt olie. De politie is geweest en heeft gezegd dat het niet kan zo. Moeder is heel bang voor de politie. Waar zij vandaan komt is de politie echt streng. Daar zit je zo in de gevangenis. Tegen de agenten doet ze aardig, tegen mijn vader minder.

's Middags komt iemand van de duivenvereniging met zijn auto om die van ons weg te slepen. Moeder staat binnen achter de vitrage. Ze ziet hoe vader de sleepkabel aan het oog onder de bumper vastmaakt, hoe de voorste auto wegrijdt en het verroeste oog met een ruk van onze auto afbreekt. Hoe vader uitstapt en de deur dichtsmijt en tegen de band schopt. Hoe ze de kabel vastmaken aan de beugel van de bumper en hoe die omhoog buigt (maar niet afbreekt) als

33

ze wegrijden. Moeder kijkt toe, maar let meer op de ramen aan de overkant van de straat waar de overburen achter hun vitrage toekijken.

Ik ben blij dat ik folders moet lopen. Zo doe ik twee dingen in een keer, eigenlijk zelfs drie. Ik kan de buurt door op zoek naar Blanche, ik verdien geld met de folders (ook al moet ik de helft inleveren bij mijn moeder, die het op een rekening zet voor als ik later ga studeren) en ik ontloop mijn vader. Ik kan zelfs even langs de kazerne. Voor de zekerheid neem ik ook het blik en het reiskistje mee, je weet maar nooit.

Het is stil bij de muur. Zelfs als ik het blik schud hoor ik niets. Als ik me omdraai om het voer weer weg te stoppen in mijn fietstas valt er iets naast me op de grond. Iets wits. Het lijkt een propje papier, maar als ik het oppak voel ik dat er een steentje in zit. Slecht gemikt denk ik, je zou het ook bijna niet voelen als je ermee geraakt werd. Dan zie ik dat er iets op het papiertje geschreven is. Ik vouw het open en lees: *Niet lokken.*

'Hallo?' roep ik.

Een nieuw propje valt naast me op de grond. *Stil zijn, ik mag niet praten* staat op het papiertje. Mag niet praten, misschien heeft hij straf. Ik zou wat terug willen schrijven maar ik heb geen pen. Als ik heel dicht bij de muur ga staan moet het gaan.

'Kun je me horen?'

Heel zachtjes, net boven het geluid van de wind en het ritselen van de bladeren uit klinkt het antwoord: 'Je moet ze niet lokken, ze zijn niet van jou.'

'Wel, die witte is wel van mij.'

'De witte is er niet. Trouwens, duiven zijn van niemand. Ze zitten toch niet aan een touwtje!'

'Ze hebben een ring. Die witte is van mij. Ze heet Blanche. Kan je haar wegsturen als ze komt? Ze moet thuisko-men.'

Geen antwoord.

'Ben je er nog?' vraag ik.

'Ik moet gaan.'

Ik moet ook maar gaan als ze hier niet is. 'Ik wilde je de vorige keer niet laten schrikken, ik hoop dat je je geen pijn gedaan hebt.' Ik weet niet zeker of hij het deze keer wel gehoord heeft, maar dan heb ik het maar gezegd. Ik maak mijn ronde af en ga naar huis.

Ze zou overal kunnen zijn. Maar ze zit me thuis op te wachten. Misschien heb ik gewoon te weinig geduld, niet genoeg vertrouwen.

Nog een duif

Aimée heeft een halve pony. Ze zegt het zelf als de juf ons vraagt of we dieren hebben. Iedereen lacht, zelfs de juf, en Aimée krijgt een rood hoofd.

'Mijn zus en ik hebben samen een pony,' stottert ze.

Pony's zijn leuk vinden de meisjes, pony's zijn stom vinden de jongens. Bart heeft een hond. Dat vindt iedereen leuk.

'En jij Alexander, heb jij ook een huisdier?'

'Ik heb een duif.'

'Wat leuk,' zegt de juf, maar ik geloof dat ze de enige is.

'Suf,' zegt Bart. 'Saai' vindt ook Marc.

'Duiven zijn voor oude mannen,' zegt Sabine en dat is waar. Op de duivenvereniging zitten geen kinderen, ik ben de enige. Ik ken geen kind dat een duif wil als huisdier, behalve die jongen in de kazerne. Ik denk wel eens aan hem als ik met Rex in de buurt ben, maar ik kom hem nooit tegen op straat.

Taken zijn dingen die je moet doen. Je hoeft je niet af te vragen of je ze leuk vindt, want je hebt toch geen keus. Maar sommige taken zijn natuurlijk wel leuker dan andere. Ik doe mijn rekensommen (niet leuk) en ga naar de buurvrouw om Rex te halen en boodschappen te doen (wel leuk).

Rex weet de weg. Hij loopt voor me uit en kijkt af en toe even om of ik nog wel volg. Bij de winkel van Olmer gaat hij voor de deur zitten en blaft een keer.

Drop en vloerzeep moet ik hebben en Olmer moet even naar achter om de zeep te pakken. Als ik door de etalage tussen de spullen door naar buiten kijk, zie ik hoe een blauwe bestelwagen voor de winkel stopt. Het is dezelfde auto als die ik bij de kazerne gezien heb en het is ook dezelfde man die toen achter het stuur zat die nu uitstapt en dozen begint uit te laden. Het zijn grote dozen die hij met moeite naast elkaar op de stoep zet. Hij lijkt op Olmer. Dat me dat toen niet opgevallen is! Als hij klaar is, rijdt hij meteen weg.

'Zo,' zegt Olmer, 'twee keer een half pondje krammen en een pot groene vloerzeep. Anders nog?' Dan ziet hij Rex. 'Ach kijk,' zegt hij en bukt achter de toonbank, 'als dat Rex niet is.'

Hij loopt met me mee naar buiten en geeft Rex een koekkluif. Rex kwispelt met zijn hele achterwerk, alsof hij nog jong is.

Rex smekt en likt nog steeds aan zijn bek als we langs de kazerne lopen. Ik fluit net iets harder dan normaal, zodat ze het aan de andere kant van de muur ook kunnen horen. Ik hoop dat de jongen er is, dan kunnen we over duiven praten.

Hij is er en hij hoort me. 'Duivenjongen?' zegt hij, heel zachtjes, net te verstaan.

'Hallo?'

'Ik heb ook een duif!'

'Leuk. Een doffer of een duivin?'

'Een grijze met roze en een wit streepje.'

'Hoe oud?'

'Hoe moet ik dat nou weten?'

'Dat weten ze toch wel waar je hem gekocht hebt?'

Hij geeft geen antwoord. Ik hoor een deur dichtgaan.

'Hallo?' Niks meer.

Bij Olmer staan de dozen nog op de stoep. Onze auto staat weer voor het huis, vader zit op zijn knieën met zijn hoofd in het gootsteenkastje en moeder zit aan de keukentafel en maakt een nieuwe takenlijst.

Post

We houden allebei van duiven, we hebben er allebei één en we zouden erover kunnen praten. Ik heb het geprobeerd, maar ik denk dat de jongen geen zin meer heeft om te antwoorden. Zelf zou ik liever niet meer langs de kazerne gaan. Ik doe het voor Rex want die vindt het een fijn rondje.

Midden op de stoep liggen drie ingepakte steentjes. Ze zullen wel van hem zijn. Ik pak ze op en maak ze open. *4 uur* staat er op de briefjes, verder niets. Ik kijk op mijn horloge, het is bijna kwart voor vijf.

'Hallo?' roep ik, maar er komt geen antwoord. Zouden ze voor mij zijn? Welke vier uur zou hij bedoelen? Misschien liggen ze er al een paar dagen. Misschien is het een spelletje.

De deur

De buurvrouw weet niet zo goed wat ze ervan moet denken. Ik denk dat ze het zelfs een beetje vreemd vindt dat ik Rex kom ophalen nu het zo regent en ik moet van haar een paraplu meenemen. Rex heeft ook niet veel zin. Ik geef hem een koekje en doe net alsof het heel gewoon is om uit te gaan als het klettert van de regen.

Precies om vier uur sta ik bij de muur. De regen roffelt op mijn paraplu. 'Hallo?'

'Ben jij het?' Aan de andere kant van de muur praat iemand terug, net hard genoeg om boven de regen uit te komen.

'Ja ik ben het.'

'Wacht even.'

Ik wacht. Rex staat tegen mijn been geleund, dicht tegen me aan om droog te blijven. Zou de jongen weg zijn?

Dan is de stem er weer. 'Duivenjongen? Als je langs de muur loopt, naar de rivier, daar zit een deur.'

'Ik zie hem niet.'

'Hij is er wel.'

Ik volg de muur. De stoep wordt breder, een perkje begint met dichte struiken. Ik stap over het lage hekje en vouw de paraplu dicht, Rex blaft, ik moet hem over het hekje tillen. Ik wurm me tussen de muur en de struiken, en daar, onzichtbaar vanaf de straat, is een deur. Een metalen deur zonder handvat, met een sleutelgat achter een metalen plaatje. Ik doe het plaatje opzij en probeer door het sleutelgat naar binnen te kijken. Het gaat niet, aan de andere kant zit iets in het slot.

'Ben je daar?' Het is de jongen en nu kan ik hem beter verstaan.

'Ja. Kan de deur open?'

'Weet je veel over duiven?'

'Gaat wel.'

'O.' Het klinkt teleurgesteld.

Rex blaft. Hij is het zat.

'Is daar iemand anders of is dat jouw hond?'

'Nee, er is niemand, dat is Rex, van de buurvrouw. Ik mag hem uitlaten. Wat wil je vragen over duiven? Als ik het niet weet kan ik het mijn vader vragen, of op de vereniging.'

'Ik denk dat mijn duif ziek is.'

'Wat heeft hij?'

'Dat weet ik niet, ik ben geen dokter.'

'Waarom denk je dat hij ziek is?'

'Hij is sloom en hij niest en hij stinkt.'

'Geef je hem goed voer?'

'Weet niet. Kan je me helpen?'

'Dat weet ik niet, kan ik hem zien?'

Het blijft stil aan de andere kant van de muur.

'Hallo? Ben je er nog?' vraag ik.

'Ik denk dat hij heel ziek is.'

'Dan moet hij naar een dierenarts.'

'Kan je niet gewoon zeggen wat ik moet doen?'

Ik snap er niks van. 'Nee. Kan ik hem zien, kan de deur niet open?'

'Nee, dat kan niet.'

Vreemd. 'Ik zal het aan mijn vader vragen.'

'Maar niet zeggen dat je met mij gepraat hebt. Je mag het niet over mij hebben, beloof je dat!'

'Rustig maar, ik vraag alleen over de duif.'

'Vandaag nog?'

'Als hij thuiskomt. Dan kom ik morgenvroeg, voor school.'

'Hoe laat is dat?'

'Voor school. Kwart voor acht, acht uur.'

'Duivenjongen, hoe heet je echt?'

'Alexander.'

'Ik heet Jules maar ze noemen me Jubes.'

Rex duwt als een kat met zijn schouder tegen mijn been. Ik aai hem over zijn natte kop, we gaan al.

'Alexander? Tegen niemand zeggen hè?'

'Nee, tegen niemand.' Met wie zou ik het erover moeten hebben? Ik til Rex over het hekje en doe de paraplu weer open.

Iemand komt de hoek om en loopt me tegemoet. Het is de chauffeur van de blauwe bestelbus. Hij knikt naar me als hij voorbijloopt. Ik wacht tien stappen en kijk dan even over mijn schouder. We kijken elkaar recht in het gezicht. Hij staat bij het perkje, op de plaats waar ik net uit de struiken gestapt ben. Ik kijk snel weer voor me en loop door.

Rex loopt zo dicht tegen me aan dat ik een paar keer bijna over hem struikel. Hij heeft zo'n hekel aan regen dat hij onder de paraplu wil blijven. Af en toe kijkt hij verwijtend naar me op.

In gedachten verzonken loop ik terug naar huis. Te veel rare dingen tegelijk. Ik breng Rex thuis, maak op de mat met een dweil zijn poten droog, dan ga ik snel naar huis om de tafel te dekken.

Help

Ik heb mijn vader gevraagd wat het kon zijn, niezen en stinken. Hij schrok want hij dacht even dat onze duiven ziek waren. Maar toen ik zei dat het maar een vraag was, uit nieuwsgierigheid, vertelde hij me wat ik moest doen.

Vóór het ontbijt heb ik de druppels uit de kast gepakt, in het duivenhok heb ik twee plastic zakjes volgeschept; de ene met krachtvoer, de andere met grit, en weggestopt in mijn jaszakken. Ik ben net weer binnen als vader beneden komt, moeder komt even later ook.

'Wat ben je vroeg,' zegt ze.

'Ja, ik moet nog wat doen.'

'Wat doen?'

'Helpen, iemand helpen, op school.'

'Helpen?'

'Laat die jongen toch,' zegt vader.

Moeder draait zich langzaam naar hem toe, ze hoeft niet eens wat te zeggen. Vader buigt zich over zijn bord en smeert met heel veel aandacht boter op zijn boterham.

'Nou dag,' zeg ik terwijl ik de keukendeur uit piep. Ik heb nog een dag om te bedenken voor wie ik eerder naar school moet. Ik weet zeker dat mijn moeder erop terug komt.

'Jubes?' Ik klop zachtjes op de metalen deur.

'Je bent laat.'

Ik doe of ik het niet gehoord heb. 'Hoe gaat het met je duif?'

'Niet goed. Weet je wat je moet doen?'

'Ja, ik denk het wel. Wat geef je hem te eten?'

'Muesli.'

'Dat is niet goed. Geef hem dit.'

Ik gooi het eerste zakje over de muur.

'Allemaal?'

'Nee, een handje, twee keer per dag een handje. Als het op is breng ik meer. Let op; in dit zakje zit een glazen flesje. Vang je het?' Ik heb de druppels in het zakje met grit gestopt en het zakje goed dichtgeknoopt. Als hij het laat vallen blijft het flesje misschien nog heel. 'Komt ie. Drie, twee, één.'

Met een boog verdwijnt het zakje achter de muur. Ik hoor het niet vallen.

'Heb je het?'

'Ja.'

'Precies doen wat er op het etiket staat, niet meer geven want dat is gevaarlijk. Het grit is voor zijn maag. Gewoon wat in een bakje doen.' 08:20 zie ik op mijn horloge. Stom. In tien minuten naar school, dat haal ik nooit. 'Dag,' roep ik.

'Sst,' sist Jubes.

Huisbezoek

Nog voor ik me zorgen kon maken over de smoes waarom ik zo vroeg naar school moest, landde die zomaar voor mijn voeten. De juf kwam in de pauze naar me toe en vroeg of ik Daphne wilde helpen met rekenen. Ik was er de laatste tijd zo veel beter in geworden, ik kon haar vast op weg helpen. Moeder vindt Daphne vast een goede reden om vroeg naar school te gaan. Daphne ziet er altijd heel netjes uit, ze woont aan de goede kant van Overwater en ze speelt viool. Ik vertel moeder natuurlijk niet dat ik haar in de pauze help en niet voor of na school.

Voor ik naar huis ga, rij ik nog even langs Jubes en de patiënt. Ik stap het perk in, klop zachtjes op de metalen deur en roep Jubes. Als hij niet reageert schrijf ik een briefje: *Ik was hier om half vier. Hoe gaat het? A.* Een klein steentje erin en dan met een boog over de muur. Ik hoor hem niet eens vallen.

'O zo, een meisje,' zegt moeder en ze knijpt me in mijn wang, zoals sommige bewoonsters van het Bella Rademakerhuis vroeger deden toen ik nog klein en dikkig was. Zo ken ik haar niet. Het duurt ook maar even, want de glimlach lost snel weer op. En dan moet ik vertellen wie Daphne is, waar ze woont, wat haar ouders doen en moet ik beloven dat mijn schoolwerk er niet slechter door wordt. Ik zeg nog dat de juf het gevraagd heeft en dat ik Daphne eigenlijk helemaal niet zo leuk vind, maar dat gelooft ze niet.

Ik ga naar boven om mijn huiswerk te doen maar ik kan mijn gedachten moeilijk bij de plaatsnamen houden die ik moet leren. Mijn ogen dwalen tussen de rode stipjes op de kaart maar ik denk aan Jubes. Jubes achter de kazernemuur. Op oude kaarten zijn witte plekken oerwouden of woestijnen. Plaatsen waar niemand ooit geweest is. Wat zou er achter de muur zijn?

Besluit

Moeder is er niet en ik hoef pas om vijf uur bij de buurvrouw te zijn voor Tafelmanieren. Daarom zit ik precies om
vier uur bij de metalen deur en roep zachtjes. 'Jubes?'
    'Ja.'
    'Hoe gaat het met je duif?'
    'Slecht. Hij is heel sloom.'
    'En het niezen?'
    'Niet goed. Kan je alsjeblieft komen kijken?'
    'Hoe dan? De deur mag toch niet open?'
    'Je kan over de muur.'
    'Erover? Waarom doe je niet gewoon de deur open, of de
poort?'
    'Nee, nee. Niemand mag het weten. Doe je het?'
    'Je bedoelt, stiekem over de muur?' Mijn hart klopt in
mijn keel. 'Wanneer?'
    'Kan je morgen om elf uur?'
    'Maar hoe kom ik over de muur? Vorige keer had ik een
fiets, maar dat kan hier niet. Hier staan struiken.'
    'Bedenk wat. En je moet goed oppassen. Niemand mag
je zien.'
    Het klinkt serieus en raar en spannend tegelijk. Over de
muur als een inbreker. Als ik gepakt word...

Vandaag doen we bij Tafelmanieren dieren met een schaal.
De buurvrouw doet bij een plastic kreeft voor waar je hem
openmaakt en hoe je de scharen kraakt om de binnenkant
leeg te kunnen eten. Ze laat zien hoe je mosselen eet met
een andere schelp en oesters met een oestermes, alikruiken

47

met een speld en wijngaardslakken met de tang en het speciale vorkje. Nee, ik zal het niet vergeten. Na de les drinken we thee.

'Ik zie je nooit met iemand van je eigen leeftijd. Heb je geen vrienden?'

'Op school, een paar,' zeg ik. Het klinkt niet heel erg waar.

'Arme jongen, je hebt ook geen moment niets te doen. Een beetje melk graag.'

Ik schenk mezelf en de buurvrouw thee in en bied haar een bonkel aan uit het dropblikje. Op het moment dat ik ga zitten, wordt er op de ruit geklopt. Moeder lacht een beetje verlegen naar de buurvrouw. Als ik de voordeur open, blaft Rex een keer en legt zijn kop weer op zijn poot.

'Alexander, kom even helpen, ja?'

'Ja moeder, ik kom eraan,' zeg ik, en loop terug naar de kamer om de buurvrouw te zeggen dat ik nog wat moet doen.

De buurvrouw kijkt me aan en haalt haar schouders op: zie je wat ik bedoel?

Uit beleefdheid wil ik nog snel een slokje thee nemen, maar ik had het beter niet kunnen doen want ik brand mijn tong.

'Ah, daar ben je.' Moeder zit me aan de grote tafel op te wachten. 'Schrijf voor mij een brief voor mevrouw Baars. Vijf uur komt de postboder.'

Mevrouw Baars uit het Bella Rademakerhuis is vergeten haar zwemabonnement op tijd op te zeggen. Nu heeft ze een brief gehad dat ze weer voor een heel jaar moet betalen.

'Wat moet ik schrijven? Ze is gewoon te laat, dat staat er duidelijk.'

'Ach, laat. Dat zegt de gemeente. Mevrouw Baars is een oude dame. Ze is vergeterig. Schrijf maar Alzheimer.'

'Maar ze heeft helemaal geen Alzheimer!'

'Zonder Alzheimer gaan ze geen geld teruggeven. Oud, vergeterig, Alzheimer, het maakt niet uit. Niet zwemmen en wel betalen is zonde, ja?'

Ja, het is zonde, maar ook een leugen. Ik word er bozig van. Ik brand mijn tong omdat mijn moeder haast heeft, ik moet liegen omdat een bewoonster vergeet een brief te schrijven. Ik moet me aan allemaal regels houden, maar die gelden alleen voor mij.

Ik schrijf de brief maar denk tegelijk aan een manier waarop ik over de muur kan komen. Het is niet meer óf ik het doe, maar hóe.

Dansavond

Deze avond doe ik extra mijn best met dansen. Alvast als straf voor iets wat ik nog niet gedaan heb.

Ik geloof niet dat moeder dansen echt leuk vindt en erg goed is ze er ook niet in, maar ze vindt dat ze het moet kunnen. En erger nog, ze vindt dat ik het ook moet leren 'hoort bij de opvoering'. Daarom dansen moeder en ik nu één keer in de week. Omdat echte lessen te duur zijn, heeft moeder een oude videoband gekocht. Op televisie doen een man en een vrouw het voor en in de kamer dansen wij ze na. In het boekje bij de video staan de passen. Eigenlijk horen er stickers bij die je op de vloer moet plakken zodat je precies weet waar je je voeten moet zetten, maar die zaten er niet meer bij. Moeder heeft van papier de opplakvoetjes nagemaakt en met plakband in de achterkamer op de vloer vastgemaakt: voor mij de rode, voor zichzelf de groene.

Moeder zweet en kijkt steeds naar haar voeten. Soms staat ze op mijn tenen. Eén, twee, drie, vier. Eén, twee, drie, vier... Kijken, kijken. Voeten weghalen Alexander.'

'Prima gedaan,' zegt de dansleraar op televisie. 'Heel goed,' zegt de lerares. 'Tot de volgende les. En: blijven oefenen!'

'Klaar,' zucht moeder.

'Het ging best goed,' zeg ik.

'Je bent een slechte leugenmaker,' zegt moeder. Ze heeft gelijk. Zelfs voetballen op school doet minder pijn.

Moeder doet de video uit en verzamelt de papieren voetjes. We drinken wat aan de keukentafel. Ik ben moe en moeder kan het zien.

'Het is al laat, ga maar lekker slapen.'

Ik slaap niet lekker, ik slaap helemaal niet. Ik word betrapt door de man die op Olmer lijkt, ik val van de muur en scheur mijn broek. Iemand pakt mijn been net als ik over de muur probeer te klimmen. De ladder valt om. Ik draai en woel als Rex tot ik eindelijk in slaap val.

Ontdekkingen

'Waar ga je naartoe?'

'De buurvrouw vroeg of ik even kon helpen, iets met de dakgoot of zo.'

'Heel goed. Niet te laat thuiskomen!'

'Nee, ik kom niet te laat thuis.' Ik ben verbaasd hoe goed het liegen gaat. Ik pak de ladder en leg hem in de brandgang, dan haal ik mijn fiets en ik kan op pad.

Met de ladder op het stuur en het zadel is het een heel eind. De fiets stuurt slecht en op de hoek van de Jaegerlaan valt hij zelfs een keer om. Bijna val ik mee. Het kost me al mijn kracht hem weer overeind te krijgen. Terwijl ik worstel met de fiets twijfel ik nog even. Eerst was het maar een idee, maar nu wordt het met iedere stap echter. Ik ga er steeds langzamer van lopen maar ik stop niet.

Dan ben ik er. Ik leg de ladder op de grond, zet mijn fiets op slot en kijk rond. De kust is veilig. Nog een laatste blik en dan stap ik met de ladder het perkje in en verdwijn achter de struiken.

Elf uur.

'Jubes?'

'Zachtjes. Kun je eroverheen?'

'Ja, ik heb een ladder.'

Even later kijk ik over de muur.

Het is net zo'n binnenplaatsje als verderop maar iets kleiner.

Jubes kijkt me vanaf de grond serieus aan. Hij praat zachtjes en gehaast. 'Snel naar beneden.' Aan zijn kant van de muur heeft hij metalen vuilnisbakken op elkaar gestapeld en ik klim erlangs omlaag.

Jubes is kleiner dan ik. Hij heeft een scherp gezicht met grote lichte ogen en zijn haar zit net als dat van Olmer en die andere man. Uit zijn broekzak haalt hij een zwarte klont waar hij met zijn hoektand een stuk vanaf knaagt.

'Hier, neem.' Hij gooit me het zwarte blok toe en kijkt schichtig om. 'Kom.'

Ik loop achter hem aan. Als ik opzij kijk naar de metalen deur zie ik tot mijn verbazing dat er een sleutel in het slot steekt. 'Hé, je hebt gewoon de sleutel!'

'Sst, niet nu,' fluistert Jubes. 'Kom, doorlopen!'

Allemaal overbodig, de ladder, dat klimmen. Hij had alleen de deur maar hoeven opendoen. 'Kan hij niet open?'

'Sst!'

We gaan naar binnen, ik volg Jubes door een donkere gang. We gaan een deur door en dan zijn we in een magazijn vol opgestapelde dozen en rekken. Jubes gaat op een stapel platgevouwen dozen zitten. Naast de stapel staat een doos. In de bovenkant zijn gaten geprikt.

'Zit hij daarin?'

Hij knikt.

'Mag ik kijken?' Ik maak de doos open. Het is een straatduif zonder ringetje en hij ziet er niet goed uit. Hij niest en heeft een vuile neus en de doos is ook vies. Ik voel Jubes naar me kijken, ik voel me erg deskundig.

'Kan je hem beter maken?'

'Ik heb andere druppels. Geef die andere maar weer terug. Heeft hij gegeten?'

'Een beetje.'

'Je moet een hok maken en je moet het goed schoonhouden.'

'Ik kan geen hok maken, ik mag helemaal geen duif hebben.'

'Dan moet je hem laten gaan. Die doos is te klein.'

'Maar dan ben ik hem kwijt. Als ik hem loslaat, komt hij nooit meer terug.'

'Toch moet het, duiven moeten vliegen, anders moet je maar een pietje nemen of een kwartel.'

Jubes bijt op zijn lip. Uit zijn broekzak pakt hij de kluit drop en bijt er een stuk af. Ik pak de drop die Jubes mij gegeven heeft en doe hem na.

'Oké. En nu moet je gaan. Wacht even hier.' Jubes verdwijnt in het donker.

Even later duikt hij plotseling weer op. Hij heeft iets achter zijn rug. 'Beloof me dat je niemand ooit vertelt dat je hier bent geweest.'

'Ik beloof het.'

'Nee, echt. Met je hand op je hart en met je vingers omhoog.'

Ik beloof het, met mijn hand op mijn hart en mijn vingers omhoog. Dan lacht Jubes weer.

'Hier. Voor jou.' Hij steekt me een dik boek toe. 'Je kan toch wel lezen?'

'Ik ben elf!'

Het boek is oud en ruikt naar aardappels. Op de kaft staat een oud zeilschip. *Leven en ontdekkingen van Pieter den Hoedt* staat er in krullende letters overheen.

'Maar dat is toch helemaal niet nodig, ik ben niet jarig of zo.'

'Het is om je te bedanken. Maak je niet druk, we hebben er nog meer. Nu moet je gaan.'

Jubes gaat me voor door de donkere gang. Ik kan hem bijna niet bijhouden.

Langs de vuilnisbakken klim ik omhoog. De eerste twee gaan gemakkelijk, de laatste niet. Door het boek heb ik maar één hand vrij.

'Wacht.' Jubes klimt ook omhoog en neemt het boek over.

Nu gaat het beter. Ik grijp de muur vast en kijk over de rand. Van schrik val ik bijna van de vuilnisbak. 'Jubes!'

'Wat?'

'De ladder! De ladder is weg!'

'Dan moet je springen.'

'Dat doe ik niet. Dat is veel te hoog.' Ik laat me weer zakken.

Jubes staat onder me en probeert me tegen te houden. 'Je moet erover!' fluistert hij.

'Nee. Ik doe het niet. Dan breek ik mijn benen.'

'Het moet, straks komt ie!' Jubes ziet er erg zenuwachtig uit. 'Klim dan!'

'De deur.'

'Dat mag niet. Ik mag hem niet opendoen.'

'Dan doe ik het wel.' Ik draai de sleutel om, duw de deur open tot hij door de struiken tegengehouden wordt en stap naar buiten.

Jubes staat me met open mond aan te kijken. Hij kijkt langs me naar de straat.

'Je mag hem niet opendoen, maar wel dicht,' zeg ik. 'Doe dan!'

Jubes steekt me het boek toe en doet de deur dicht. Ik hoor het slot, de vuilnisbakken die afgestapeld worden. Dan is het stil.

Daar sta ik, met boek, zonder ladder. Ik krijg er een warm hoofd en een koude maag van. Wat moet ik thuis zeggen? Ik tel tot tien om rustig te worden, om na te denken. Ik kan niet geloven dat iemand de ladder gepikt heeft. Zou het die man van de bestelwagen zijn? Verderop staat mijn fiets. Ik pak hem en rij ermee naar de voorkant van kazerne. Ik zie hem direct: de ladder staat tegen de poortdeur.

Nu moet ik nadenken. Als ik de ladder pak, zien ze het binnen meteen, de bovenkant steekt boven de deuren uit. Ik prop het boek onder mijn jas en zet mijn fiets op de standaard, midden op de stoep en vlak bij de ladder. Ik haal diep adem, pak de ladder, laat hem op mijn stuur en zadel vallen en begin te rennen.

Zonder te kijken steek ik over. De ladder glijdt, maar blijft liggen. Achter me hoor ik de poort opengaan, maar ik ben al aan de overkant.

'Hé! Hé, jij daar!'

Niet omkijken, rennen. Verderop is een achterom, ik weet het van folderlopen. Als ik daar... In volle vaart sla ik af. De ladder glijdt, ik kan hem niet tegenhouden. Hij valt van mijn fiets in de struiken. Ik ren door, de bocht om tot achter de schuurtjes en zet mijn fiets tegen de muur. Als ik terugloop om de ladder te pakken, komt de blauwe bestelwagen aanscheuren. In drie stappen ben ik weer achter de schuurtjes. Zou hij de ladder zien? Ik buig voorover en kijk om de hoek. De wagen is doorgereden.

Ik wacht, ik tel. Bij tweeëntwintig komt de bestelwagen terug, nu rijdt hij gewoon. Ik wacht nog even en dan rij ik mijn fiets achteruit, til de ladder er weer op en ga op weg. Het had verkeerd kunnen aflopen maar het is goed gegaan. Op de hoek van de straat moet ik zomaar even huppelen.

Thuis kijk ik eerst even bij Blanche, dan ga ik snel naar boven om het boek te verbergen.

Ik heb het boek onder mijn kussen gestopt en haal het pas weer tevoorschijn als ik naar bed ga. De kaft is oud maar verder wel gewoon, de binnenkant niet. Woorden, regels, soms halve bladzijdes zijn met dikke zwarte strepen onleesbaar gemaakt. Ik probeer het verhaal over Pieter den Hoedt en zijn reizen voor de Tasmaense Compagnie te volgen, maar het is even vermoeiend als luisteren naar vader als ik achter op de brommer zit. Om het nog onduidelijker te maken heeft iemand met een pen aantekeningen gemaakt: *Er wordt beweerd dat Pieter den Hoedt persoonlijk de zoethoutheester (Glycyrrhiza glabra) meegenomen heeft naar Australië!*

Het is raar maar door de strepen wordt het boek spannender. Alsof achter het zwart geheimen verborgen zijn en het boek vol staat met dingen die ik niet mag weten. Maar zelfs zonder de strepen, zelfs zonder het te lezen is het boek spannend. Het is het bewijs dat ik iets gedaan heb wat niet mag, het eerste geheim dat ik ooit voor mijn moeder heb gehad. Ze mag het nooit vinden.

Mitzi

Bejaarden zijn net duiven, die moet je ook elke dag verzorgen. Daarom is de zondag in het Bella Rademakerhuis net zo'n dag als een doordeweekse dag. Moeder werkt graag op zondag en ik help meestal mee. Ik ga rond met de boekenkar of help de tuinman.

Vandaag moet ik oppassen bij mevrouw Keizer. Ik hoef niks te doen, alleen maar te zitten omdat ze niet alleen durft te blijven. Ze is bang en vergeetachtig. Als ze met me praat is ze soms halverwege de zin vergeten wat ze wilde zeggen, of wie ik ben. 'En wie ben jij?' vraagt ze dan en als ik zeg dat ik Alexander ben, vraagt ze waar ze mij van kent. Soms moppert ze dat Duco zo lang wegblijft en daar heeft ze gelijk in want Duco was haar man, en die is al twaalf jaar dood. Maar meestal zit ze zachtjes te neuriën terwijl ze borduurt. Ze maakt een schilderij na dat *De Driedaagse Zeeslag* heet, maar zij is er al meer dan een jaar mee bezig.

'Kijk,' zegt ze, 'dit is de Brederode van Maarten Tromp en dit de Triumph van Robert Blake.'

Het zijn twee oude zeilschepen en ze schieten op elkaar. Het Engelse schip is half verscholen in de rook van de kanonnen van het Nederlandse schip. Op de achtergrond zie je nog andere schepen, maar daarvan heeft ze alleen nog de bruine draadjes gedaan.

Ik kijk graag hoe mevrouw Keizer handwerkt, ik verveel me nooit. Ik hoef niet eens te lezen, alleen kijken is al genoeg.

Om half twaalf komt mijn moeder langs om te zeggen dat ik zo meteen moet helpen met het rondbrengen van het eten. Als ze ziet dat ik niets doe, zet ze me aan het werk. 'Ga maar stoffen.'

Met de plumeau (een bamboestokje met kippenveren eraan) stof ik de boeken in de kast en de beeldjes op het lage tafeltje. In de vensterbank zit Mitzi. Mitzi was de poes van mevrouw Keizer en toen ze doodging heeft ze haar laten opzetten. Mitzi zit voor het raam naar buiten te kijken, precies zoals ze vroeger ook deed. Het is jammer dat het niet zo goed gedaan is. Van achter lijkt het nog wel, maar haar snoet is vreemd geworden. Met de plumeau wapper ik wat over haar rug en als ik haar snoet stof, valt Mitzi's linkeroog eruit. Het is natuurlijk niet echt haar oog, het is gewoon een knikker, maar zonder de knikker ziet ze er een beetje eng uit.

Mevrouw Keizer heeft gelukkig niets gezien. Ze neuriet zachtjes voor zich uit terwijl ik op mijn knieën onder de verwarming naar het oog zoek. Zo vindt mijn moeder me als ze me komt halen om het eten rond te brengen.

'Alexander, wat doe je daar?'

Ik probeer mijn moeder duidelijk te maken dat ze stil moet doen maar ze begrijpt het niet.

'Ja Alexander, wat is daar?' vraagt mevrouw Keizer nu ook.

'Ik liet wat vallen.'

'Wat is het?' Moeder staat nu naast me.

'Zal ik helpen?' vraagt mevrouw Keizer.

'Nee, nee. Het lukt al.'

'Alexander?'

'Ik kom.' Een laatste graai onder de verwarming en dan hoor ik hem wegrollen. Ik pak hem, veeg hem schoon aan mijn trui en plop het oog terug in de kop van Mitzi.

'Ja, jij mag haar aaien, maar ze komt nooit meer gezellig bij me zitten. Jammer hoor.'

'Dag mevrouw Keizer, ik kom zo eten brengen.'

'Doe dat maar jongen.' Ze buigt zich weer over *De Drie-daagse Zeeslag*. Als ik de kamer uit loop, neuriet ze alweer.

Maandagmiddag ga ik weer bij Jubes langs.

'Hoe gaat het met je duif?'

'Beter, hij niest niet meer.'

'Mooi, ben je een hok aan het maken?'

'Zoiets. Wat ben je aan het doen?'

'Ik laat Rex uit. Wil je meelopen?'

'Ik ga niet naar buiten.'

'Morgen misschien?'

'Morgen ook niet.'

'Een andere keer dan?'

'Ik denk het niet.'

'Waarom niet?'

'Omdat ik niet naar buiten ga.'

Ik kan het niet geloven. 'Nooit? En school dan?'

'We hebben binnen school.'

'Ik geloof je niet.'

'Het is wel zo. Binnen is alles wat we nodig hebben.'

'Alles?' Ik kijk achterom. 'Heb je bomen?'

'Zeker. Met appels zelfs!'

'En kinderen om mee te spelen?'

'Hebben we ook.'

'Een rivier?'

'Binnen is ook water. En vissen, de mooiste die er zijn.'

Meneer Berthold uit het Bella Rademakerhuis had dat ook. Die was piloot geweest en voetballer, die had een ijs-winkel gehad en was spion geweest en weet ik wat allemaal nog meer. Dat geloofde hij echt, maar dat kwam omdat hij een gezwel in zijn hoofd had en alles door elkaar haalde. Het beste kon je maar doen alsof je het geloofde. 'Nou, leuk voor je. Ik ben blij dat het beter gaat met de duif.'

'Ik ook. Heb je al in het boek gelezen?'

'Ja, maar het leest niet erg makkelijk met die strepen.'
'Daar wen je aan. Het is wel spannend hè?'

'Ja, het is spannend. Ik kan niet lang blijven, ik moet nog ergens naartoe.' Naar de markt voor onderbroeken, maar dat zeg ik maar niet.

'Dag Alexander.'

'Dag Jubes.'

Anders

Als je anders bent, dan moet je oppassen. Daarom kan ik bijna onzichtbaar zijn, kan ik me bij gym zonder geluid omkleden. En luister ik heel goed naar wat de anderen zeggen. Ik weet precies waarop ik moet letten. Wie de baas is, wie de grappige en wie de gevaarlijke. Ik ben er heel goed in, ik ben nog nooit gepest. Maar Jubes kan ik niet indelen. Zou Jubes niet naar buiten dúrven? Mevrouw Stevens in het Bella Rademakerhuis is al drie jaar niet buiten geweest. Die is bang dat ze kwijtraakt. Misschien kletst Jubes maar wat en zit hij gewoon op een school in een andere wijk. Misschien heeft hij strenge ouders en mag hij niet vaak buiten spelen. Ik speel ook niet op straat. Maar mij zie je wel eens buiten en Jubes heb ik nog nooit op straat gezien. De poort staat ook nooit open. Misschien heeft hij straf.

Het aanzien van gisteren

'Van boeken heb je nooit genoeg,' zegt de buurvrouw alsof ze het zelf bedacht heeft. Van boeken kríjg je wel genoeg als je ze de trap op moet dragen. Na vijf keer op en neer loop ik al te zweten en in de gang beneden staan nog drie verhuisdozen vol. De buurvrouw haalt de boeken overal vandaan. Van mijn moeder krijgt ze soms ook boeken die overblijven als er een kamer in het huis ontruimd is.

Boven staan ze in wankele stapels langs de muren in de slaapkamer, op tafels en in kasten. Honderden, duizenden boeken.

'O ja,' roept de buurvrouw van beneden, 'ik wil je nog wat laten zien.'

'Kijk,' zegt ze als ik beneden ben, 'daar had je het toch pas over?' *Het Aanzien van Gisteren* heet het boek en het staat vol foto's. 'Herken je het niet?'

Dan zie ik het: het is de kazerne! Op de foto staat de poort open en zie je het plein erachter. Op het plein staan soldaten. *Defilé ter gelegenheid van de sluiting van de Staelenskazerne* staat eronder.

'Hier, ik heb een kopietje voor je gemaakt,' zegt de buurvrouw en ze steekt me een vel toe.

De boog boven de ingang is nog ongeveer hetzelfde, maar de deuren zijn anders; vroeger was het een hek.

'Nou, nog een paar boeken en dan ben je klaar.'

Een paar boeken noemt ze dat. Alles bij elkaar zijn het er tweeënzeventig en als je die op elkaar legt is dat een stapel die even hoog is als ik lang ben.

Meteen als ik klaar ben pak ik mijn fiets en rij naar de kazerne. Twee keer ben ik langsgeweest en twee keer heb ik Jubes niet gesproken. Beide keren had ik het gevoel dat hij er wel was, maar niet wilde praten. Daarom wil ik eigenlijk niet meer langs, het voelt zo opdringerig. Maar nu heb ik een reden.

De poort is dicht, als altijd. Het is iets over vier. Ik klop zachtjes op de deur en krijg meteen antwoord.

'Alexander.'

'Jubes?'

'Mijn duif is heel ziek.'

'Ik dacht dat het beter ging.'

'Eerst beter, nu slechter. Kan je nog een keer...?'

'Over de muur? Nee, dat doe ik niet meer.'

'Ik zou het niet aan je vragen als het niet nodig was.'

'Vorige keer was ik de ladder bijna kwijt.' Het blijft stil aan de andere kant van de muur. 'Jubes?'

'En als de deur open kon?'

'Ja, dan is het anders. Maar je wil hem toch niet opendoen?'

'Ik mag hem niet opendoen, maar als jij het doet, dan heb ik geen regel overtreden.'

Ik snap er niets van. Ik krijg ook geen tijd om er langer over na te denken.

'Alexander? Vangen.' Met een boog komt de sleutel over de muur en landt in een struik.

'Nu meteen?'

'Ja. Nu kan het.'

'Wacht even.' Voor de zekerheid zet ik mijn fiets aan de overkant van de straat.

De deur gaat ook van deze kant gemakkelijk open. Ik ga naar binnen, doe de deur dicht en steek de sleutel aan de binnenkant in het slot.

In het magazijn staat een vreemde doos. In de zijkanten zijn brede sleuven gesneden. Nu snap ik wat Jubes met 'zoiets' bedoelde toen ik vroeg of hij een kooi had. Voorzichtig vouwt hij de doos open. Ik zie het meteen, maar als ik hem vastpak voel ik het ook. Duiven zijn altijd lekker warm, deze is koud.

'Hij is dood.'

'Hoe weet je dat? Misschien slaapt hij wel.'

'Hij is dood. Je moet hem begraven.'

Jubes bijt op zijn lip, dan knikt hij langzaam. 'Wil jij hem dragen?'

'Dat is goed.'

Jubes opent de deur een klein stukje en gluurt om de hoek. Het is veilig. Stil sluipt hij voor me uit door de schemerige gang. Hij stopt even, luistert en gaat weer verder en ik volg met de dode duif. Ik kan hem maar met moeite bijhouden. Links gaan we en rechts en weer links. Jubes buigt voorover en spiedt voorzichtig even om een hoek. Dan gebaart hij dat ik mee moet komen. We komen bij een deur en erachter is het licht. Langzaam doet Jubes de deur open.

Na de donkere gang is de kas lichter dan licht, groener dan groen, vol kronkelige klimplanten. Met reusachtige pompoenen en bedden vol kool en prei en helemaal in het midden een appelboom. Met zijn korte stam en de brede kronkelige takken lijkt het alsof hij bukt om onder het glazen dak te blijven, hij lijkt wel een beetje op de bonsaiboom van de buurvrouw.

'Wil je hem hier begraven?'

Jubes knikt. Zijn ogen dwalen door de kas, tegelijk luistert hij rond als een konijn. Uit een emmer pakt hij een schepje, waarmee hij naast de appelboom een gat graaft.

'Mag je hier ook niet komen?'

'Ik wel, jij niet. Is dit diep genoeg?'

Ik knik en leg de duif in het gat.

'Wil jij het dichtmaken?'

Jubes wrijft aan zijn neus en kijkt de andere kant op als ik het gat dichtmaak.

'We moeten gaan, straks komt mijn tante.'

Jubes leidt me terug door het doolhof van gangen naar het magazijn. We praten niet. Hij vouwt het dooshok in elkaar en ziet er erg zielig uit.

'O ja.' Ik was het bijna vergeten. 'Ik heb nog wat meegenomen.' Ik pak de kopie uit mijn jaszak. 'Voor jou.'

'Wat is het?'

'Kijk maar.'

'Dat is hier! Hoe kom je daaraan?'

'Uit een boek.'

'Eruit gescheurd?'

'Nee, gezien in een boek en gekopieerd.'

'Nagetekend?'

'Nee, natuurlijk niet. Gekopieerd, met het kopieerapparaat.'

'O.' Hij bekijkt de foto's. 'Ik had de buitenkant nog nooit gezien.'

'Echt niet?'

'Ik lieg nooit.'

'Waarom mag je niet naar buiten? Heb je iets gedaan wat niet mag?'

'Ja.'

'Wat?'

'Ik heb met jou gepraat.'

'Dat bedoel ik toch niet. Waaróm mag je niet met mij praten?'

'Binnen is binnen, buiten is buiten.'

'Wat is dat nou voor een reden?'

'Dat zijn de regels. Je moet je aan de regels houden.'

66

'Het zijn wel heel strenge regels.'

'Vind jij. Jij bent van buiten. Het mag niet. Dat kan je niet uitleggen aan iemand van de andere kant.'

Achter me doet Jubes de deur dicht. Ik ben van de andere kant, maar ik weet goed wat strenge regels zijn. Misschien heeft de moeder van Jubes ook plannen met hem.

Verkenner

Daphne is boos omdat ze de hele pauze voor niets op me heeft zitten wachten. Ik deed het niet expres, ik was in gedachten en de pauze was om voor ik er weer uit was. Ik piekerde over Jubes: waarom zou hij niet naar buiten mogen? En toen dacht ik aan het journaal van gisteravond. Er was een oude man en die vertelde dat hij zijn hele leven spion was geweest. Dat hij in het ene land een professor was en tegelijk allemaal geheimen aan een ander land doorvertelde. En op een of andere manier dacht ik meteen aan mijzelf, maar ik wist niet waarom.

'Zou je mijn verkenner willen zijn?' vraagt Jubes als ik 's middags bij hem langs ga.

'Wat bedoel je?'

'Dat je voor mij buiten naar dingen kijkt en me daarover vertelt.'

Weer moet ik denken aan de oude man in het journaal. 'Waarom?'

'Omdat ik nieuwsgierig ben.'

'Wat wil je weten?'

'Alles, maar eerst: wat is een kopieerparaat?'

'Kopieerápparaat. Dat is een...'

Langs het perkje loopt een oude vrouw met een stok. Ik had haar niet gehoord. Ik buk zo diep als ik kan achter de struiken, ik denk niet dat ze me gezien heeft. Als ze bijna bij de hoek is, kom ik weer wat overeind.

'Jubes?'

'Ik ben er nog.'

'Ik moet weg, ik kom morgen weer terug.'

Vanaf nu kijk ik niet alleen voor mezelf, maar tegelijk ook voor Jubes en zo fiets ik ook naar huis. Het is spannend, zo'n geheime opdracht, maar ook een beetje ingewikkeld. Waar moet ik beginnen als Jubes niet eens weet wat een kopieerapparaat is?

Weetjes

In de bibliotheek heb ik een duivenveer gekopieerd en een foto van het kopieerapparaat zelf uit de gebruiksaanwijzing. Ik vouw de kopieën dubbel en dubbel tot ze zo klein zijn als mijn handpalm, steek er een paar steentjes in en gooi ze over de muur. Het is het eerste antwoord van een hele serie. Wie is de baas van Australië? Hoe hard kan de snelste auto? Hoe groot is het grootste vliegtuig en hoeveel mensen kunnen erin? Bijna iedere dag een vraag, de dag erna het antwoord.

Zelf heb ik ook vragen: hoeveel mensen zijn er binnen, zijn er andere kinderen, mag alleen de chauffeur van de bestelwagen naar buiten en wat doen ze de hele dag binnen? Hebben ze een televisie, een computer, een radio?

Van de kant van Jubes komen niet veel antwoorden. Ja, er zijn andere kinderen, ja, alleen de chauffeur gaat naar buiten en hij heet Elmer, ze hebben geen televisie, geen computer, geen radio maar wel een cassettespeler en nee, dat is niet saai. Ze doen spelletjes en ook andere dingen. Dan vraagt hij snel weer over buiten. Hoe hoog de hoogste toren is, of er nog ijsberen bestaan en wat ik doe.

Ik vertel over mijn leven. Het lijkt opeens een stuk spannender. Ik vertel over ons huis en de Overste van Hamellaan, waar we nu wonen. Over Overwater waar we vandaan komen. Over mijn moeder en vader en hun werk en over de buurvrouw. Zelfs over Tafelmanieren en de dingen die ik doe voor de bewoonsters van het Bella Rademakerhuis. Het is de eerste keer dat ik het iemand durf te vertellen. Ik weet gewoon dat Jubes me niet uit zal lachen. Misschien denkt hij wel dat buiten iedereen leeft zoals ik. Ik voel me een ontdekkingsreiziger die vertelt over een andere, onbekende wereld, ver weg.

Als ik klaar ben, blijft Jubes even stil.

'Ben jij wel eens ver weg geweest, de stad uit, of nog verder?'

'De stad uit, het land uit. Maar niet heel ver. Maar mijn moeder wel, die komt van heel ver.'

'Mijn over-, over-, over-, overgrootvader zat op een schip. Die heeft de hele wereld omgevaren. Hij was stuurman bij Pieter den Hoedt.'

'Niet!'

'Wel. Kijk maar in het boek. Barend Fleer.'

'Jules Fleer, heet je zo?'

'Ik niet, mijn moeder heet Fleer. Hij is familie van mijn moeder.'

Ik heb stramme benen en een natte kont als ik overeind kom. 'O, dat was ik bijna vergeten. Volgende zaterdag is er een dui[ve]ntentoonstelling in het Paleis. Misschien vind je het leuk om met me mee te gaan.'

'Ik heb het toch gezegd.'

'Ik dacht, misschien als uitzondering. Het is op een zaterdag.'

'Ik ga niet naar buiten. Nóóit.'

'Al goed. Als ik ga zal ik wat voor je meenemen, folders. Als je wilt.'

'Doe maar. Kun je de Witte nog een keer meenemen?'

'Ik laat haar niet meer in de buurt los.' Omdat ik bang ben dat ze achter de muur in een kartonnen doos verdwijnt, maar dat zeg ik er maar niet bij.

Op de fiets bedenk ik wat ik zou missen als ik net als Jubes nooit meer naar buiten kon. Misschien de bomen. Met mijn

fiets over knisperende herfstbladeren rijden of stenen gooi-
en in de rivier. Zwemmen, het bos en Rex natuurlijk. Misschien zou ik zelfs school missen. Hoe het ruikt als het geregend heeft en de gang door de geur van de natte jassen aan
de kapstok opeens veel kleiner lijkt. Of het roepen van de
ganzen op de rivier als de winter begint. Of mijn moeder en
mijn vader. Als ik daaraan denk, kan ik bijna niet slikken,
alsof ik ze echt moet missen.

Stroopwafels

Sabine is jarig. Als de klas uit gaat, deelt ze bij de buitendeur uitnodigingen voor haar feestje uit. Het zijn er heel veel dit keer, maar ik zit er niet bij. Niemand vindt me onaardig, er zijn gewoon geen kinderen waar ik bij hoor.

Als ik mijn jas aantrek komt de juf naast me staan. Ze klopt me onhandig op mijn rug, zoals mensen zonder huisdieren honden op de kop kloppen. Ik denk dat ze het aardig bedoelt, maar ik voel me er niet beter door.

Het is marktdag, ik fiets langs het werk van mijn moeder om de boodschappenlijstjes van de bewoonsters op te halen. Kousen voor mevrouw Van Daelen, studentenhaver en een blauwe ritssluiting voor mevrouw Baars. En voor mevrouw Keizer een wijting voor Mitzi, de poes (maar die vergeet ik altijd expres). Ik haal de spullen en als laatste ga ik naar de Wafelman. Stroopwafels voor mevrouw Steens en kruimels voor mijzelf.

Na het Bella Rademakerhuis is het maar een klein stukje om naar de kazerne. We hebben een geluid afgesproken. Om Jubes te laten weten dat ik het ben, roep ik bij de deur als een duif: *hoe hoe, hoe hoe*. Als iemand anders het hoort, kan ik altijd nog zeggen dat ik Blanche zoek.

Ik roep een keer. Jubes is er al.

'Alexander.'

'Vangen' zeg ik en ik gooi het zakje met kruimels over de muur.

Jubes bedankt en vraagt naar mijn dag op school. Ik vertel, over de lessen en over de verjaardag waar ik niet voor uitgenodigd ben.

'Ik ben nog nooit op een feestje geweest van kinderen van mijn leeftijd. Ik ken niemand die even oud is als ik. De andere kinderen binnen zijn allemaal jonger. Ik ga meer met oude mensen om.'

'Ik ook. Met mijn vader en mijn moeder en de mannen op de vereniging en de buurvrouw natuurlijk.'

'De buurvrouw van de hond.'

'Ja, buurvrouw Den Oudsten.'

Daar moet Jubes om lachen. Ik voel me een stuk beter.

'Hoe is het met de Witte?'

Ik vertel over Blanche en de wedstrijd waaraan mijn vader mee gaat doen.

De laatste wedstrijd is niet goed geweest voor de vereniging. Twee duiven kwamen pas dagen later binnen, vier duiven kwamen helemaal niet meer terug. Voor de nieuwe wedstrijd kregen ze de lijst niet vol en omdat vader de vorige keer niet meegedaan had, belden ze of hij nu misschien wilde meedoen. Ik denk dat hij geen nee durfde te zeggen en daarom twee duiven ingeschreven heeft. Nu is hij bezig met de voorbereiding. In het hok hangen de voedingsschema's. Vader is zenuwachtiger dan de duiven, maar die weten natuurlijk nog niet dat de wedstrijd eraan komt. Blanche hoeft gelukkig niet mee te doen, ze is nog te jong voor een wedstrijd.

'Mag ik haar nog een keer zien?'

'Ik laat...'

'Ik weet het, maar als je zelf ook binnenkomt?'

'Daar moet ik over nadenken.'

'Doe maar. Alexander?' Met een zwaai komt het zakje met kruimels terug. 'Hou de koek maar, hij is helemaal kapot.'

Het museum

Ik dacht dat we half vijf hadden afgesproken, maar Jubes doet niet open. Blanche zit stil in het reiskistje. Ik loop wat heen en weer, voorzichtig, want ik wil niet opvallen.

16:36. Ik probeer het nog een keer, en dan komt de sleutel over de muur.

In het magazijn doe ik Jubes voor hoe je een duif moet vasthouden. Hij doet het heel goed, Blanche is helemaal niet bang. Hij houdt haar op schoot en aait haar voorzichtig.

'Die man met de blauwe auto, is dat je vader?'

Jubes lacht. 'Dat is Elmer, mijn oom. De man van de zus van mijn moeder.'

'Hij lijkt op Olmer.'

'Ooolmer!' Jubes zegt het alsof hij hem roept 'Waar ken je hem van?'

Ik vertel dat ik met Rex vaak langs de winkel van Olmer kom. En Jubes vertelt dat Olmer een paar keer per jaar langskomt. Soms neemt hij cadeautjes mee, nuttige dingen, heel soms ook iets leuks. En dat Elmer op Olmer lijkt komt omdat ze broers zijn.

'Wanneer heb je Elmer gezien?' vraag Jubes.

'Een paar keer, hier buiten bij de muur, in de blauwe wagen, bij de winkel van Olmer. Hij bracht dozen.'

'Elmer is de buitenman. Hij woont binnen maar gaat wel naar buiten.'

'Is Olmer ook een buitenman?'

Jubes lacht. 'Élmer is de buitenman, Ólmer heeft een winkel.

'Wil je zélf niet naar buiten?'

'Hou op.'

'Volgens mij wil je wel maar mag je niet!'

'Ik wil helemaal niet.'

'Waarom fluister je dan?'

'Ik mag niet praten met mensen van buiten.'

'Waarom praat je dan met mij?'

'Ik ben nieuwsgierig, dat heb ik al gezegd. Je moet niet verder vragen. Ik kan het niet goed uitleggen en dan ga jij vragen stellen en dan weet ik het antwoord niet en dan denk jij dat je gelijk hebt en dat heb je niet. Ik wil niet naar buiten.' Hij aait Blanche zachtjes over haar rug. Dan komt hij plotseling overeind en geeft me mijn duif terug. 'Ik zal je wat laten zien. Loop maar even mee.'

Ik doe Blanche in haar kistje.

'Laat haar maar hier, we komen zo terug.' Jubes pakt mijn hand en trekt me mee tot achter in het magazijn. Het is er aardedonker. Als een blinde scharrel ik achter hem aan. Ik hoor de deur opengaan en dan stappen we het magazijn uit. In de gang erachter brandt een lichtje. De tweede deur gaan we binnen.

'Wacht.' Een klik en dan is er een beetje licht. Het is ook een magazijn en het staat vol dozen.

Jubes kijkt plechtig. 'Niets zeggen, tegen niemand, beloofd?'

'Beloofd. Maar wat is het?'

'Het is mijn museum. Het Museum van Overgewaaide Spullen.' Uit een kast haalt hij een doos. *Laten staan* staat erop geschreven. 'Kijk.' Langzaam vouwt hij de doos open. 'Dit... als je het vlak bij je ogen houdt, kan je erdoorheen kijken.' Hij houdt een chipszakje voor zijn gezicht en kijkt naar het lampje aan het plafond. 'Heel anders dan de zakjes die wij hebben. En dit...' Een blikje. 'Moet je kijken hoe

76

dun. Er heeft drinken in gezeten. Je kan het openmaken zonder blikopener!'

Ik kijk Jubes aan. Als het lichter was geweest, of als Jubes beter had gelet op mijn gezicht, had hij het zien veranderen van verbazing naar ongeloof. Ik moet bijna lachen, maar ik wil Jubes niet kwetsen.

'Je mag wel kijken hoor.'

Ik doe alsof ik geïnteresseerd ben en doorzoek de doos met rommel. Plastic flesjes, snoepverpakkingen, een stuk krant van drie jaar geleden (TWEEDE SPOORBRUG VAN DE BAAN), een folder met kleren, bierdopjes...

'Mooi.'

Jubes kijkt trots toe. Hij wriemelt een hand in een doos naast zich in het rek en trekt er een beginnetje dropveter uit. Hij wikkelt de drop om zijn hand. Een kort rukje, dan steekt hij het uiteinde in zijn mond en zuigt het als een sliert spaghetti naar binnen.

'Heel mooi...'

'Er is nog meer. Kijk.' Hij maakt een andere doos open. Boeken en bladen.

'Ook overgewaaid?'

'Nee, meegenomen door Elmer. Ze moeten nog voorgelezen worden.'

'Kan je ze zelf niet lezen?'

Jubes kijkt me vreemd aan. 'Natuurlijk kan ik lezen!' Dan begrijpt hij het. 'Vóór gelezen, niet voorgelezen. Om de leugens eruit te halen.'

Sommige tijdschriften zijn wel twintig jaar oud. Moederbladen zijn het, met mode en koken. 'Deze zijn wel vóórgelezen. Kijk maar.' Zwarte strepen, net als het Pieter den Hoedt-boek, uitgeknipte foto's en ontbrekende bladzijden.

'Wacht.' Jubes verdwijnt in het donker achter de stellingkasten, ik hoor hem rommelen in een doos.

'Kijk,' zegt hij als hij terugkomt. Hij heeft een opgevouwen vel papier bij zich dat hij voor me neerlegt. Als hij het openvouwt, zie ik dat het volgekrabbeld is met namen en lijntjes. 'Zie je wel. Hier is mijn moeder en hier... is Barend Fleer, stuurman op De Hoop.'

Ik knik. Wat moet ik zeggen.

TIK TIK. Vanuit de hoek van het magazijn klinken twee droge metalen tikken, en nog twee. TIK TIK.

'Vergeten!'

'Wat? Wat betekent dat?'

'Het is vijf uur. We hebben Raad, we moeten bij elkaar komen. Blijf hier en verberg je als er iemand komt. Je moet ook stil zijn.'

Als Jubes weg is bekijk ik wat boeken. Veel geschiedenisboeken, boeken over mensen die al lang dood zijn, boeken over dieren, over oude zeilboten en hoe je dingen maakt. Allemaal voorgelezen, vol dikke zwarte strepen, uitgesneden bladzijds en plaatjes. Ik zit stil op een stapel dozen en wacht, het duurt heel lang. In de boeken heb ik geen zin meer en verder is er niets, stilte. En een vreemde zoete lucht als van stroop.

Dan is Jubes terug. Hij lijkt blij me te zien.

'Raad, dat hebben we soms, over werken en zo. Wat was je aan...' Halverwege zijn vraag blijft hij als versteend staan.

'Wat?'

'Daar komt iemand!'

Ik hoor niets. Jubes schuift de doos terug op de plank en vouwt de andere dicht. Dan pakt hij mijn hand en trekt me het magazijn uit de donkere gang in. 'Opschieten,' sist hij. 'Deze kant.'

Ik struikel achter hem aan, de deur door, de binnenplaats op.

'Schiet op,' zegt Jubes terwijl ik met de sleutel pruts.

Eindelijk gaat de deur open. Ik sta al buiten, dan pas schiet het door mijn hoofd:

'Blanche! Ze is nog binnen!'

'Ga nu!'

'Nee. Ik kan haar niet hier laten.' Ik probeer naar binnen te komen, maar Jubes trekt de deur dicht en ik moet loslaten om mijn vingers er niet tussen te krijgen. 'Jubes!' De muur is hoog en van de stilte erachter word ik echt zenuwachtig. Heeft hij het expres gedaan? Is het gewoon een truc om Blanche te stelen? De haartjes in mijn nek prikken. Het is heel stil.

Dan gaat de deur open, een kier, een arm en daar is het kistje. Dan is de deur weer dicht.

'Dank je,' fluister ik en ik schaam me dat ik aan hem getwijfeld heb.

Verhalen

Ik ga nu bijna iedere dag wel even bij Jubes langs. Na school, tijdens het folderlopen, als ik boodschappen moet doen of onderweg naar het Bella Rademakerhuis. Voor mijn moeder verzin ik leugens om de gaten in de tijd te vullen. Daphne natuurlijk en extra taken op school, Rex die niet wil luisteren, een lekke band of een ingewikkelde vraag van de buurvrouw. 's Avonds doe ik extra goed mijn best als ik help met het schrijven van brieven, met het uitzoeken van postzegels of munten.

Ik voel me echt niet schuldig. Niemand heeft er last van, maar soms twijfel ik wel eens. Ik heb nog nooit zo'n groot geheim gehad, het voelt een beetje als liegen. Iedere keer dat ik bij Jubes langs ga, wordt de leugen, en de kans dat we gepakt worden, groter.

Jubes heeft me gevraagd of ik bij het Maandeinde wil zijn. Ik twijfel omdat de deur dan weer open moet, maar Jubes vindt dat ik me zorgen maak om niets. Hij heeft de deur een keer opengemaakt, er is niets gebeurd. Geen donder, geen bliksem, geen straf. Het is veilig.

Donderdag vier uur. Ik ben expres wat langer op school gebleven om Daphne kwijt te raken, maar ze blijft bij het fietsenhok praten met Sabine tot ik mijn fiets kom halen.

'We moeten dezelfde kant op,' zegt ze.

Ik moet haar kwijtraken, denk ik.

We fietsen naast elkaar, maar ik heb haar niet veel te zeggen als het niet over rekenen gaat. Ze praat over jongens en meisjes in de klas. Wie aardig is en wie niet. Ik geloof niet dat ze het erg vindt dat ik niet veel zeg.

'Ik moet nog even langs het werk van mijn moeder,' zeg ik, 'die kant op.'

'Zal ik meefietsen?'

'Dat hoeft niet.'

'Ik doe het graag.'

'Het kan heel lang duren.'

'O. Nou, tot morgen dan.'

'Ja, tot morgen.' Ik sla af en kijk over mijn schouder of ze al verdwenen is. Ze zwaait. Ik steek mijn hand op en rij verder, kijk nog een keer. Nu is ze weg. Snel draai ik om en fiets naar de kazerne.

Sst, gebaart Jubes. Dan ga ik achter hem aan naar binnen. We lopen langs het magazijn, door een gang waar ik nog nooit ben geweest, een deur door en een trap op.

Het is een zolder als een omgekeerd schip met dikke balken van ruw hout. Door twee piepkleine dakraampjes valt een beetje licht naar binnen.

Achterin staat een keukenstoel, verder is de ruimte helemaal leeg. Langs de zijkant hangt een donker gordijn.

'Je moet opschieten, verberg je hierachter.'

Ik kruip achter het gordijn en hoor hoe Jubes wegsluipt. Achter het gordijn is het echt donker. Het tocht een beetje, af en toe kraakt een balk alsof het dak ademt. Beneden gaat de deur open. Heel veel voeten op de trap en later op de zoldervloer.

En opeens zie ik mezelf zitten, ik ben een verstekeling. Een keer niezen, iemand die iets moet pakken achter het gordijn. Ik hoor hier niet, ik moet hier weg maar het is te laat.

Iemand schraapt zijn keel, vlakbij. 'Ga je ook zitten? Goed zo. Luister.'

Een man vertelt een verhaal over lang geleden. Hij praat

zacht maar duidelijk en in het donker is het echter dan tele-visie. Het verhaal gaat over een eigenwijze schipper die op zoek gaat naar een nieuwe route die nog nooit iemand vóór hem gevaren heeft. Niet onderlangs om Afrika heen, maar bovenlangs door de IJszee. De schipper is koppig. Hij krijgt ruzie maar zet door, dingen gaan mis en toch houdt hij vol en dan is er het noodlot; het schip loopt vast in het ijs. Ze proberen los te komen, het mislukt. Het schip wordt door het ijs gekraakt en ze moeten van boord. Ze bouwen een huis van wrakhout en overwinteren tussen sneeuwstormen en ijsberen. De balken van het dak zuchten in de wind, kou-de tocht kruipt over de grond. Ik ril ervan.

En dan gaat het verhaal opeens over de kazerne. Hoe buiten de wereld koud geworden is. Hoe de mensen de weg kwijt zijn en dat het daarom goed is een nieuwe weg te zoe-ken, ook al is die soms moeilijk. En dan gaan ze bidden.

Ik kan het niet verstaan en mijn gedachten dwalen af naar mijn moeder. Twee of drie keer per jaar heeft ze heel erge hoofdpijn. Dan doet ze de gordijnen dicht en ligt in het donker, huilt en mompelt in haar eigen taal. Ik weet niet waarom ik er nu aan moet denken, maar op een of andere manier lijken ze op elkaar, mijn moeder en de verteller.

Het bidden is afgelopen en het verhaal gaat verder over de mannen in het huis op het ijs die wachten tot de winter afgelopen is en de mensen hier in de kazerne die wachten tot het buiten weer veilig is. Hij vertelt de kinderen over buiten waar God vergeten is en hebzucht regeert. Waar mensen el-kaar vermoorden voor een horloge. Waar iemand dood kan gaan zonder dat de buren het weten en waar oude mensen opgesloten worden in tehuizen.

Zo is het niet, wil ik bijna roepen, want wat de man zegt klínkt waar maar ís het niet. Maar hoe moet je dat weten als je nooit buiten komt? En ik denk: als Jubes nou eens naar buiten zou gaan en zou rondkijken. Wat zou hij dan zien? Als moeder naar de stad gaat, ziet ze koopjes en slechte manieren en toen vader ooit naar Parijs ging, had hij niets van de stad gezien maar alleen op duiven gelet.

De voeten verdwijnen, de deur gaat open en weer dicht en ik ben weer alleen. Voorzichtig pak ik de rand van het gordijn en kijk eronderdoor. De zolder is leeg. Jubes komt de trap op en brengt me terug naar het magazijn.

'Hij kan mooi vertellen, hè.'

Als ik naar huis fiets, let ik goed op of ik mensen zie die me van mijn horloge willen beroven. Ze zullen toch wel zien dat hij goedkoop is? En terwijl ik dat denk word ik boos op de man en zijn verhaal, want ik ben nog nooit bang geweest voor horlogedieven. Door zijn stomme verhaal heb ik nu kippenvel op mijn armen en fiets ik zo hard dat mijn rug nat is van het zweet. Door zulke verhalen komt Jubes nooit buiten.

Ik ga langzamer fietsen en probeer rustig te ademen. Langs de straat springen de lantarenpalen aan en op het zelfde moment bedenk ik: misschien ben ik ook opgesloten, net als Jubes. Niet achter een muur maar achter de taken en regeltjes van mijn moeder. Misschien zie ik ook maar een klein stukje van alles. Mijn hoofd duizelt ervan. Ik ben blij dat ik bijna thuis ben.

Elmer

'Elmer kan om een hoek kijken,' had Jubes gezegd. En soms lijkt het echt alsof Elmer ons doorheeft.

Aan het begin van deze week kwam ik aanfietsen, ik wilde bijna afstappen maar opeens kwam hij tussen de struiken van het perkje vandaan. Ik geloof niet dat hij me zag. Ik maakte een slinger en reed snel door.

Twee dagen later stond hij op een ladder aan de binnenkant van de muur. Zijn hoofd stak erbovenuit en speurde als een duikbootkijker van links naar rechts. Achter een auto wachtte ik tot hij weer beneden was. Ik durfde niet meer op de deur te kloppen en ging naar huis.

De dag erna had ik het er met Jubes over, dat ik bang was dat Elmer ons in de gaten hield, dat hij ons doorhad, maar Jubes zei van niet. 'Maak je niet druk, Elmer doet altijd al zo.' Ik liet het maar zo, ik geloofde hem graag.

Vandaag doet Jubes extra geheimzinnig. Dat doet hij altijd als hij een verrassing heeft.

'Dit heeft nog nooit iemand gezien.' Hij doet zijn ogen wijd open en kijkt me streng aan. 'Je mag er nooit, met niemand over praten.'

Als ik gezworen heb met mijn hand op mijn hart klimt hij op een opbergrek en opent een luikje in het plafond. Door het luik kom ik in een kruipruimte tussen het plafond en de vloer van de verdieping erboven. Het is net hoog genoeg om rechtop te zitten.

'Op de planken blijven,' fluistert Jubes. 'Anders zak je door het plafond.' Hij steekt een lucifer af. Om de meter is

er een balk en over die balken ligt een pad van twee planken, breed genoeg om overheen te kruipen, smal genoeg
om er gemakkelijk naast te zakken. 'Hou mij maar vast.'

We kruipen als een treintje over de planken. In de ver-
te klinkt geklop als van een stoffen hart, en hoe verder we
gaan, hoe sterker het geluid wordt.

Een muur met een rooster. Door het rooster valt licht
in de kruipruimte. Jubes draait zich om en gebaart dat ik
doodstil moet zijn.

Als ik naast hem zit en gewend ben aan het licht duurt
het nog even voor ik begrijp wat ik zie. Een grote ronde
trommel, een lopende band, tafels, stapels kartonnen dozen, nog meer tafels en ketels. En daartussen twee vrouwen
en een man. Een fabriek! Een zware zoete lucht komt van
beneden en dan begrijp ik waar de machines voor zijn.

'Jullie maken drop!'

'Sst!'

'De drop van Olmer!'

Jubes glimt. Hij draait zich om en daar gaan we weer.
Een bocht, nog een bocht en een luik en daaronder een magazijn als de grot van Ali Baba, waarin dozen drop tot het
plafond opgestapeld staan. *Olmer* staat er op een doos, *Gra-
dis*, *Rembert*.

'Er is maar een fabriek die deze drop maakt en dat is hier.
Alleen wij kunnen dat nog.'

'Help je ook mee in de fabriek?'

'Help ik mee? Ik ben zelfs dropmeester! Ik kan alles. Mal-
len maken, kneden, melangeren. Alles. Meestal help ik met
inpakken en sorteren.' Jubes wijst op een rij bakken met mislukte drop. 'Deze zijn afgekeurd, die zijn voor ons.' Drop
met deuken of blazen, met vreemde vormen of in kluiten
aan elkaar gesmolten. Jubes graait in de bakken en propt
een paar handen drop in zijn zak. 'Pak maar.'

Ik stop van elke smaak een paar dropjes in mijn zak. In de laatste bak zit grote drop, zo groot als koekjes en in de vorm van een maan met een gezicht en een muts.

'Die moet je niet nu eten, dat is een klaasvaak. Daar zitten kruiden in, valeriaan en zo, en dan val je in slaap.'

Ik steek er een paar in mijn zak. 'Gaan we terug?'

'Nee, ik heb nog wat, maar dat is nog geheimer, dat weet zelfs niemand van binnen. Je mag...'

'Ik beloof het, hand op mijn hart.'

Na Jubes klim ik door het luik in het plafond en kruip achter hem aan door het doolhof, een hand op zijn voet. Aardedonker is het en als Jubes plotseling stilhoudt, bots ik tegen hem op en val bijna van de plank.

'We zijn er.' Jubes strijkt een lucifer af. We zijn in een verlicht hokje, een hut met een vloer van planken en een olielamp en een kleed. Hij steekt de olielamp aan. Langs de achterwand liggen stapels boeken, aan de wand zijn uitgeknipte plaatjes geprikt. Een paard, een auto, een ridder en een zeppelin.

'Mijn geheime kamer.' Jubes gaat liggen op het kleed, graait in een doos en propt drop in zijn mond.

Dit is mooier dan de hut van de jongens in Overwater waar ik nooit in mocht. Het is een grot en een schatkamer tegelijk, spannend en veilig. Om ons heen is het donker, ver weg stampt de dropfabriek. Wij tweeën en verder niets.

'Dit boek gaat over de tweede reis van Pieter den Hoedt. Lezen?'

We liggen naast elkaar en lezen tussen de zwartgemaakte woorden over scheurbuik en muiters, over zeeslagen, Spaanse matten en hinderlagen. Ondertussen eten we ons ziek aan krammen en bonkels.

16:47. Ik moet me haasten.

'Moet je nu al weg?'

'Ik moet op tijd thuis zijn voor het eten. Anders had ik langer kunnen blijven. Mijn moeder moet vanavond werken en mijn vader gaat kaarten.'

'Ben je dan helemaal alleen?'

'Tot half elf, dan is mijn vader weer terug. Ik ga gewoon naar bed.'

'Je kan vanavond terugkomen. Als ze denken dat ik slaap kan ik je binnenlaten.'

'Ik weet niet...'

'Er zijn nog meer dingen die je niet gezien hebt. Half acht?'

'Half acht.'

Kaartavond

In Overwater was ik een keer in een boom geklommen. De eerste tak was niet erg hoog, de tweede zat er vlak boven. De derde, de vierde... Het ging gemakkelijk. Tot ik opeens zag hoe hoog ik zat. Ik kon niet meer naar beneden. De buurman moest met een ladder komen om me eruit te halen. Nu is het net zo: ik klom over de muur, ik ging door de deur, en nog een keer. Ik heb Jubes gezegd dat ik vanavond kom, maar nu twijfel ik. Ik wil niet stoppen, maar het moet een keer fout gaan.

Ik heb geen honger, ik krijg mijn avondeten niet op. Moeder vraagt of ik ziek ben. Ze slaat geschrokken een kruisje als ze mijn zwarte tong ziet, maar is boos als ze ruikt dat het drop is. Om zeven uur gaat ze weg, vader wacht nog even, dan gaat hij ook. Van moeder mag ik niet alleen thuisblijven, maar vader vindt het wel goed, dan kan hij naar kaarten. Tegen moeder mag ik niet zeggen dat hij weggaat. Vroeger belde ze nog wel eens 's avonds om te vragen hoe het ging. Dan nam ik de telefoon op en zei dat vader in het duivenhok zat.

Tien minuten nadat mijn vader weggegaan is, pak ik mijn jas. Voor de zekerheid trek ik de stekker van de telefoon eruit. Dan ga ik ook.

Buiten is het grauw, al bijna donker door de regenwolken. Ik fiets snel, de dynamo fluit, mijn koplamp brandt wit. Bijna tien voor acht, elf uur moet ik terug zijn. Ik zet mijn fiets een stukje verder tegen een boom, scheelt weer tijd als ik straks terugga.

De duivenroep doe ik maar niet. Duiven roepen niet als

het donker is. Ik klop en meteen gaat de deur open. Jubes glimlacht, hij lijkt echt blij me te zien.

'Heel stil binnen, ze zitten in de tweede kamer.'

Ik sluip achter Jubes aan. Voor de tweede deur houdt hij even in, luistert en wenkt dan dat het kan. Als ik langs de deur kom hoor ik ze praten. Snel verder. Het magazijn in en dan omhoog door het luik.

In de hut is de olielamp al aan. We lezen wat in het boek, eten drop.

'Werelds.' Jubes wijst naar mijn horloge.

'Vind je hem mooi?'

'Gaat wel, Elmer noemt dat werelds. Dat betekent "van buiten."'

'Betekent het dan "niet goed"?'

'Het betekent "niet nodig" maar ik vind het wel mooi met cijfers. Kom, ik krijg een geknakte rug.' Jubes slaat het boek dicht en draait de olielamp uit. Dan kruipen we een stukje terug en slaan af.

We komen langs de slaapkamer van Jubes, ik hoor kinderen zachtjes snurken, we slaan af en komen in een lange gang. Aan het einde zit een luik, er ligt een rol touw op. Jubes schuift het touw opzij, maakt het luik open en laat zich door het gat naar beneden zakken en ik volg. We staan in een gang, vlak voor een deur. Als Jubes de deur opendoet herken ik het weer.

De kas is spookachtig verlicht door de maan, die door het witgeverfde glas van het dak naar binnen schijnt, als een zaklamp door een laken. Zelfs de planten houden hun adem in. Dan stapt Jubes het trapje af.

Eigenlijk is de plantenkas een overdekte binnenplaats, het dak is van glas, maar de muren zijn van steen en achterin is een poort.

'Hoe oud kan een duif worden?'

'Achttien, soms wel twintig.'

'Ik denk dat hij achttien was, of twintig.'

'Ja, misschien wel.'

Jubes loopt langzaam voor me uit, knijpt in courgettes en voelt even aan een appel in de boom. In een hoek van de kas staan drie bakken. Ik heb er niet op gelet, ik dacht dat het waterbakken waren. Ze zijn zo hoog als een aanrecht en zo groot als een kinderbad. Maar als ik over de rand kijk, zie ik dat ze vol zitten met vissen. Jubes steekt zijn hand in het water, de vissen beginnen paniekerig door elkaar te zwemmen. In het maanlicht glinsteren hun zilveren buiken.

'Mooi zijn ze hè, bijna zo mooi als duiven.'

'Veel ook, waarom zoveel?'

'Ze zijn om op te eten.' Met een snelle graai pakt Jubes een vis. Hij houdt hem omhoog. De vis wrikt om los te komen, zijn mond open zijn kieuwen open dicht, open dicht.

'Doe hem terug, hij stikt.'

'Even uit het water kan wel.' Jubes doet net alsof hij de vis gaat kussen en laat hem uit zijn hand in het water glijden. Wild zwemmen de vissen door elkaar, welke er net uit was kan ik al niet meer zeggen. 'Als ik naar buiten had gekund, naar een dierendokter, was mijn duif misschien niet dood gegaan.'

'Misschien niet, misschien was hij erg oud.'

'Ja, misschien.'

Achter in de kas gaan we door de poort naar binnen. Het is een opslag van kisten en dozen. Meteen bij de ingang steekt een ladder door het plafond omhoog. Achter Jubes aan klim ik naar boven. Op de zolder is de lucht muf en gronderig. Door de buitenmuur wringt zich een smal spleetje licht naar binnen, genoeg om de aardappels te zien waarmee de hele zoldervloer bedekt is.

Jubes hurkt achterin bij de opening in de muur en gluurt naar buiten.

'Wat zie je?'

'Buiten. De lucht. Sterren. De maan.'

'De rivier ook?'

'Nee, die niet. Maar je hoort hem wel en je ruikt hem. Ik zie wel lichten in de lucht, witte en rode en groene, knipper-lichten.'

'Vliegtuigen.'

'En de toppen van de bomen. Er zijn bomen buiten, ho-ger dan binnen.'

'Ik weet het, ik kom van buiten.'

In het licht dat door de sleuf in de muur naar binnen valt kan ik Jubes zien zitten, maar zijn gezicht zie ik niet. Ik hoor dat hij zich omdraait.

'Eigenlijk mag ik er niet over nadenken, maar soms doe ik het toch. Vind jij het raar dat ik wil weten hoe het bui-ten is? Ze zeggen dat dit de Ark is, dat het buiten onveilig is, maar toen kwamen de duiven en ik dacht dat het een teken was, dat de poort open kon. Maar ze zeiden dat ik het niet goed begrepen had. Dat het buiten nog steeds onveilig was omdat de mensen niet deugen. Maar jij bent van buiten, jij bent toch niet slecht?' Jubes draait zich om en buigt zich naar de spleet in de muur. 'Ik weet dat ze me willen redden, ik ben gewoon nieuwsgierig waarvan.'

Wat kan ik zeggen? Je kan denken wat je wilt, maar als kind moet je toch doen wat je ouders zeggen. Of je loopt weg. Maar luisteren is gemakkelijker.

We horen het tegelijk: beneden gaat de deur open. Daar is iemand! Voetstappen op het trappetje bij de ingang van de kas en dan schuifelend zacht op het paadje tussen de planten.

'Else, ben je daar?'

Ik durf niet te bewegen. Hij komt dichterbij, ik kan de planten horen ruisen als hij erlangs loopt. Ik adem zonder geluid, Jubes lijkt een schaduw.

Nu is hij bij de vissen. Hoe lang? Eindeloos lang. En dan, dan hoor ik hem de andere kant op gaan. Ik hoor hoe hij de deur opendoet en hoe de deur weer dichtgaat.

'Wie was...' Ik fluister zo zacht ik kan maar in een flits heeft Jubes zijn hand uitgestoken en op mijn mond gelegd. Hij schudt zijn hoofd. Ik wacht en dan hoor ik het ook. Hij is er nog! Ik knik dat ik het begrijp, Jubes haalt zijn hand weg. Dan gaat de deur weer open, hoor ik de voeten op het trapje. De deur gaat dicht en Jubes zucht.

'Wie was dat?'

'Elmer.'

'En als hij ons gezien had?'

'Hij heeft ons niet gezien.'

'Ik kan maar beter naar huis gaan.'

'Doe niet zo flauw. Ik let toch goed op. Hij is weg, hij komt echt niet meer terug vanavond.'

'Ik weet het niet.'

'Ik wel. Hij maakt gewoon een ronde. We wachten een minuut, dan kan hij ons niet meer horen.' In het donker kijken we naar de secondes die wegknipperen. 'Nu is het genoeg. Ik ben de Jan.' Jubes springt overeind en rent naar het gat in de vloer waaruit de ladder omhoog steekt. Hij gaat omgekeerd, met zijn rug naar de treden, de eerste paar treden van de trap af en valt dan voorover naar beneden.

'Jubes!' Ik ren naar de ladder, struikel over de aardappels. Beneden ligt Jubes in het plantenbed. De witte maan beschijnt hem, maakt hem bleek als een lijk.

Ik stap op de ladder, stap in mijn haast bijna naast de sport eronder. Als een stem onder me opeens 'omdraaien' sist, schrik ik zo dat ik de sport daaronder echt oversla en tegen de ladder val.

'Zo moet dat niet. Je moet voorover vallen als je de Jan wilt zijn.'

Ik draai me voorzichtig om. Jubes staat onder de trap.

'Kom, spring!'

'Waarom?'

'Dat is het spel, Jan van Schaffelaar, van de toren, je weet wel.'

Ik weet het niet.

'Ik doe het nog een keer voor. Omhoog.'

Ik klim de ladder weer op en ga op mijn knieën naast het trapgat zitten. Jubes klimt naar boven, draait zich om en laat zich voorover van de trap in de losse aarde vallen.

'Nu jij,' zegt hij.

Ik durf geen nee te zeggen, doe wat Jubes deed en spring.

Het is niet erg hoog en de grond is zacht maar als ik neerkom moet ik naar adem happen door de klap.

'Mooi,' zegt Jubes. 'Net echt. Even naar de hut nog?'

In de gang is het luik naar de kruipruimte nog open, maar we kunnen er nooit bij, het plafond is te hoog. Ik kijk Jubes geschrokken aan maar die glimlacht. Hij heeft een bamboestok gepakt waarmee hij rondpoert in het donker boven het open luik. Plotseling valt er een stuk touw omlaag. Aan het uiteinde van het touw zit een lus die een meter boven de grond blijft hangen. Jubes zet de bamboestok terug, sluit de deur van de kas, stapt in de lus en springt op. Dan trekt hij zichzelf aan het plafond omhoog en verdwijnt in het donker erboven. 'Kom je nog?'

Als ik mijn voet in de lus steek en omhoog probeer te komen, zwaait het touw heen en weer. Ik draai als een tol rond. 'Het lukt niet.'

'Het moet! Er komt iemand aan!'

'Jubes!' Ik probeer het nog een keer, steek mijn rechtervoet in de lus en zet af met mijn linker. Dan sta ik rechtop in de lus en kan met een hand de rand pakken.

'Schiet op, help me.'

Jubes helpt en ik schuif hijgend in de kruipruimte. Jubes haalt het touw in en doet het luik dicht. Veilig.

'Ik hoor niemand.'

'Er is ook niemand.'

'Maar je zei...'

'Om het spannend te maken.'

Ik vloek met mijn tanden op elkaar. Jubes is al onderweg naar de hut en ik moet achter hem aan om hem niet kwijt te raken in het donker.

'Ik moet gaan.' Ik slurp mijn laatste stuk dropveter naar binnen. Jubes slaat zijn boek dicht en draait de lamp uit. De weg naar het magazijn weet ik nu zelf, het lijkt ook alsof ik beter kan kijken in het donker. In het magazijn pak ik nog een handje bonkels en dan ga ik echt. Jubes gaat me voor de deur door naar de binnenplaats. Het is zachtjes gaan regenen. Nu moet ik echt opschieten. De deur, de sleutel...

'De sleutel is weg!'

Opgesloten

'Ik heb hem niet.'

'Hij was er net nog. Ik moet weg, anders ben ik te laat. Door de poort dan.'

'Kan niet, die zit ook dicht.'

'De vuilnisbakken?'

'Je durft toch niet te springen?'

22:12 staat op het lichtgevende schermpje van mijn horloge. 'Wat moet ik dan?'

Jubes begint stil en snel de vuilnisbakken langs de muur te zetten. 'Help dan!' fluistert hij. Zelfs in het donker zie ik hoe hij rondluistert.

Samen tillen we de tweede laag erop. Erg stevig ziet het er niet uit, maar met één vuilnisbak kom ik niet bij de rand. Ik klim op de onderste bak en daarna op de volgende.

'Dag!'

Dan klinkt een droge klets. Een onderdrukt 'au' van Jubes en tegelijk pakt iemand mijn enkel en trekt eraan. Ik draai me om. Elmer. Zelfs in het donker herken ik hem meteen.

Ik vergeet de muur vast te houden, glij van de bak, val op mijn knieën op de bak eronder, kiep daar vanaf en eindig op de grond voor de voeten van Elmer.

'Staan!' snauwt Elmer en hij rukt me omhoog.

'Mijn arm,' zeg ik, hij knijpt echt heel hard. Achter Elmer staat Jubes naar zijn voeten te kijken. Hij houdt een hand tegen zijn wang. Ik voel me zwaar en koud.

'Lopen.'

Ik wil wat zeggen, maar er komt niets. Elmer duwt me

vooruit. Langs Jubes, naar binnen, een gang door, een bocht om en door een deur een nieuwe gang in. Bij de tweede deur staan we stil. Hij doet de deur open en duwt me naar binnen. Achter me draait hij de deur op slot.

Het is donker binnen. Het ruikt naar karton en iets zuurs. Ik moet plassen. Ver weg is nog net het gestamp van de machines te horen. 22:16. Nog even en vader komt thuis. Die denkt dat ik al slaap, gaat pas bij mij kijken als hij zelf naar bed gaat. Moeder niet. Die ziet dat de telefoonstekker eruit is, dat mijn jas niet aan de kapstok hangt, dat mijn schoenen... Ik schuifel naar de deur, mijn handen voor me uit als een slaapwandelaar, bang om ergens over te vallen.

In de gang zijn mensen. Ik hoor ze smoezen. Ze moeten me laten gaan, ik moet naar huis.

'Hallo?' Ik klop zachtjes op de deur.

De voetstappen gaan weg. Ze gaan de politie bellen, ik word opgehaald en meegenomen. Op de tast vind ik een stapel lege dozen. Ik ga erop zitten en wacht. Het donker is groot, groot als de hemel zonder sterren. Het donker is klein als een doos.

Dan komen de stemmen weer dichterbij. Ze fluisteren nog steeds, maar nu hebben ze ruzie. Vlak bij de deur, dan verdwijnen ze weer. Ik wacht.

Plotseling gaat de deur open, het licht steekt in mijn ogen. En in het licht staat Elmer. 'Meekomen.' Hij duwt me voor zich uit, een deur door en dan naar buiten. 'Wacht hier.'

Ik wacht, durf niet eens om me heen te kijken, ik ben misselijk.

Vanachter komt een auto aanrijden, voor me zie ik mijn reuzenschaduw op de zwarte muur. De auto stopt naast me, het is de blauwe bestelwagen.

'Stap in.'

'Waar brengt u me heen?'

'Naar je huis.'

'Mijn fiets...'

Elmer wijst met zijn duim over zijn schouder. Als ik kijk zie ik mijn fiets achter in de wagen. Iemand komt aanlopen en doet de poort voor ons open. Elmer trekt op, rijdt door de poort en stopt aan de rand van de straat.

'Het adres? Waar woon je?'

'Ik kan wel fietsen, u hoeft me niet helemaal te brengen.'

Elmer kijkt me aan, heel even lijkt het alsof hij glimlacht.

'Overste van Hamellaan nummer 5.'

Links gaan we. Lichtgevende druppels vallen uit de donkere lucht, breken op de voorruit en vervormen de lichten van andere auto's. Zeesterren zijn het, kwallen met brandende tentakels. Ik doe mijn ogen dicht maar ik word er alleen maar misselijker van. De ruitenwisser maakt het geluid van de grote trom, iedere *zwiet-zwiet* een dreunende klap op mijn hoofd.

De auto stopt. Ik schrik op, kijk naar buiten. Waar zijn we? Bij ons in de straat zijn lantarenpalen, hier niet. Elmer doet de motor uit en dan de lichten.

'Meneer Elmer, de Overste van Hamellaan...'

'Ik weet waar het is.'

Wat Elmer zegt is niet eng, hij klinkt niet eens boos. Toch krijg ik kippenvel op mijn armen en bonkt mijn hart in mijn oren. Elmer is als een kat die loert naar een duif, die doodstil klaarzit om te springen. Ik voel naar de greep van de deur. Kan ik wegkomen?

'Ik had al langer een vermoeden. Ik had je gezien met die hond. En met die ladder natuurlijk.'

In het donker kan ik Elmer slecht zien maar ik hoor dat hij me aankijkt.

'We hebben een muur en een poort en die houden we zoveel mogelijk dicht. Er is buiten namelijk niets wat we binnen willen hebben. Geen dingen, geen mensen. Jules heeft zich daarin vergist maar dat gebeurt niet nog een keer. Binnen is binnen, buiten is buiten. Begrijp je dat?' Hij schiet naar voren, slaat met zijn hand keihard op het dashboard, 'BEGRIJP JE DAT?'

'Ja meneer.'

'Nee, je begrijpt het helemaal niet. Je beseft niet wat je doet. Als je het begreep had jij je neus niet over die muur gestoken. Persoonlijk zou ik je het liefst de nek omdraaien, maar...' Hij haalt diep adem. 'Luister goed, want ik zeg het maar één keer. Je praat met niemand, maar dan ook niemand over de kazerne. Niet over Jules, over niets wat je binnen gezien of gehoord hebt. Je vergeet het. Is dat duidelijk?'

'Ja meneer.'

'Mooi, want als ik je ooit nog in de buurt zie, dan weet ik je te vinden.' Hij start de motor en doet de lichten weer aan.

'Meneer Elmer? Mijn vader... Ik ben erg laat, ik denk dat hij al thuis is.'

Elmer draait de sleutel weer terug, het is weer stil.

'Dus?'

'Kunt u me er hier niet uit zetten?'

'Nee, ik wil je vader spreken. Ik ga hem zeggen waar je was. Zodat hij er ook op let.'

'Maar, u zei net...'

'Ik ben niet gek. Ik zeg hem dat je over de muur was geklommen. Dat je over de muur was geklommen om rottigheid uit te halen en dat je toen niet meer terug kon. Ja. En pas later kwam ik en ik heb je bevrijd. En omdat het zo laat was, heb ik je teruggebracht. Ik ben niet boos maar de volgende keer bel ik de politie. Dat vertel ik, en dat vertel jij ook.'

'Was ik alleen?'

'Dat bedenk je zelf maar. Alleen of met een vriendje, maar niet Jules. Bedenk het zelf maar.'

Hij start de motor en trekt op.

'Nummer 5.' Elmer stapt uit, pakt mijn fiets en zet hem tegen het hek.

Ik zit stil en wacht. Het licht in de kamer brandt, het is nog erger dan ik dacht; moeder is ook al thuis.

Elmer doet de deur voor me open. Moeder staat nu voor het raam en ziet me uitstappen. De voordeur is al open voor Elmer op de bel kan drukken. Zelf blijf ik wat achter, ik sta liever in de regen.

Elmer praat met moeder, moeder knikt. Hij draait zich om en loopt me voorbij zonder me aan te kijken.

Ik stap de gang in, moeder doet de deur achter me dicht. Even is het stil alsof er net iets kapot gevallen is.

'Het is beter dat je gaat slapen.'

De deur van de slaapkamer van mijn ouders staat open. Vader zit voorovergebogen op de rand van het bed en krabt aan zijn achterhoofd. Ik ga snel plassen. Als ik de badkamer uit kom, is de slaapkamerdeur dicht. Ik heb nog liever dat ze heel kwaad zijn, dat ze me naar beneden roepen en tegen me schreeuwen.

Hoe zie ik eruit? Betrapt of schuldig, of is dat hetzelfde? Ik spoel mijn mond en spuug de tandpasta in de wasbak, doe het lichtje boven de spiegel uit en ga in bed liggen.

Gescheiden

's Nachts wordt de hoofdpijn erger, eerst zie ik vlekjes, dan word ik echt misselijk. Ik moet twee keer overgeven, dan is de drop eruit. Ik lig in de donkere kamer ergens tussen slapen en waken. De regen ruist in de lucht, roffelt op het kleine dakraampje en plikkeplokt in de goot. De emmer die vader voor de lekkage in de hoek van de kamer heeft neergezet is de grote trom. Een fanfare in mijn slaapkamer. Mijn hoofd groeit en krimpt en krimpt tot het zo klein is dat het lijkt te verdrinken in mijn hoofdkussen.

De eerste twee dagen lig ik in bed, ziek en misselijk en met een knetterende hoofdpijn. Ik hoef niet te praten maar ik zie het evengoed: moeder is teleurgesteld omdat ik gelogen heb. Ze is teleurgesteld omdat ik ongehoorzaam ben en onvolwassen, en omdat ik bijna door de politie opgepakt was. Zolang ik ziek ben, ben ik buutvrij.

'Het gaat beter, nu moeten we praten.' Moeder zet het dienblad op de grond naast mijn bed en gaat op het voeteneinde zitten.

Ik weet wat er komt, ze heeft het eerder verteld. Over vroeger in haar eigen land toen haar vader conciërge was in een appartementencomplex met rijke mensen. Dat ze zelf in het souterrain woonden, half onder de grond, en dat ze als ze door het raam keek alleen maar benen zag. Boven was van de rijke mensen, daar mocht zij niet komen.

'Ik begreep het niet. Ik wilde ook boven wonen. Maar mijn moeder zei: "Lelijke eendjeskuikens worden eenden. Alleen in sprookjes worden ze zwanen." Kan je je dat voorstellen? Mijn vader en moeder hebben tegen mij nooit gezegd dat ik hard mijn best moest doen op school. Ik had dokter kunnen zijn of architect, maar niemand heeft gezegd hoe. Welk pad, welke stap eerst en daarna. Niemand heeft mij de weg aangewezen en kinderen raken makkelijk de weg kwijt. Als ik beter had opgelet... Toen ik dat snapte, was het te laat en kon ik alleen nog schoonmaakster zijn. Daarom wijs ik jou de weg. Je moet hard werken en je best doen. Dan word je dokter of ingenieur. Je kan dat, als je je best doet. Snap je me?'

Ik knik. Hoe kan ik het niet snappen?

'Daarom moet jij niet niksen. Je hebt te veel tijd, anders zou je niet bij die kazerne zijn. Ik ga op school vragen of je bijwerk mag en vanaf morgen doe je extra werk. Het is voor jouw goedwil. Drink nu thee en ga rusten.'

Het is twee weken geleden dat ik Jubes de laatste keer zag. Tien schooldagen waarvan ik er drie thuis geweest ben. De juf had geen extra werk voor me en daarom heeft moeder uit de bieb geschiedenisboeken gehaald die ik moet lezen.

Ik werk nu ook op donderdagmiddag in het Bella Rademakerhuis, ik loop een folder erbij en ik moet direct na school naar huis. Maar verder is er niet veel veranderd. Vader is een keer thuisgebleven van kaarten, maar de tweede keer is hij weer gegaan. 'Ik heb toch geen straf gekregen,' zei hij. Hij waarschuwde me, hij zou bellen om te controleren of ik thuis was, maar meteen de eerste keer vergat hij het al.

Ik doe wat ik deed vóór ik Jubes leerde kennen. De postzegels en munten, Tafelmanieren, dansen en school, natuurlijk school, maar het voelt heel anders. Er is niemand met wie ik het over Jubes of de kazerne kan hebben. Van de buitenkant lijkt het net alsof er niets gebeurd is. We hebben het er thuis ook niet over. Moeder niet, vader niet. Als vader al teleurgesteld is, dan kan ik het niet aan hem zien. Ik help hem met de laatste voorbereidingen voor de wedstrijd.

Alleen met Rex kom ik nog wel eens in de buurt van de kazerne maar ik blijf aan de overkant van de straat. Ik heb Elmer boos gezien.

's Avonds blader ik in mijn Pieter den Hoedt-boek. Hoe vaker ik erin lees, hoe stommer ik de zwarte strepen vind. Als ik de bladzijden tegen het licht hou, kan ik soms nog zien wat er stond. Niets bijzonders, gewone woorden. Waarom mag ik ze niet zien? Waarom mogen volwassenen dat zomaar bepalen? Wat je mag lezen, met wie je mag spelen en met wie niet. Het is oneerlijk. Ik neem een klaasvaak en probeer in slaap te vallen.

Opstand

Als mevrouw Van Daelen bezoek krijgt, moet ik bij bakker Dingemans kaasflips halen, hele dunne kaaskoekjes die al breken als je ze vastpakt. Gelukkig krijgt ze niet vaak bezoek. Naast Dingemans zit een boekwinkel. Ik ben er een keer geweest voor een boek over duiven. Nu ligt de etalage vol geschiedenisboeken. Op de deur hangt een postertje met een zeilschip. Ik laat de kaasflips bijna uit mijn handen vallen. Ik ken dat schip!

Oost-Indiëvaarder De Hoop, een natuurgetrouwe replica van het schip van Pieter Karelsz den Hoedt. Mijn mond valt ervan open. Hij komt hier zaterdagmiddag langs, in de haven, dan gaat hij naar Japan. Het is een teken. Ik voel me alsof ik weer word aangezet. Alle slomigheid is in één keer weg. Ik moet het zien, Jubes moet het zien.

Iets beweegt, ik kijk langs het postertje naar binnen en een schim in de winkel verandert in een gezicht dat me aankijkt. Ik schrik vreselijk. De man in de winkel glimlacht vriendelijk. Ik steek mijn hand op, stap snel op mijn fiets en rij weg.

Ik denk aan Elmer en aan mijn moeder. Hoe kan ik Jubes waarschuwen als zij steeds op ons letten? Ik heb overdag niet eens tijd om naar de kazerne te gaan, als ik het al zou durven. Elmer weet wie ik ben en waar ik woon en ik geloof hem als hij zegt dat hij mijn nek gaat breken. Of die van Jubes. Trouwens, nadat Elmer me betrapt heeft, zijn alle struiken langs de muur gesnoeid zodat ik me er niet meer achter kan verbergen. Als ik overdag met Jubes wil praten, ziet iedereen me staan. 's Avonds kan het misschien, maar dan moeten mijn ouders weg zijn en dan is Jubes er natuurlijk ook niet. Briefjes met steentjes zouden kunnen, maar als Elmer ze vindt weet hij meteen dat ze van mij zijn. Stomme muur. Ik let even niet op, rij te dicht langs de stoep en raak met het zakje kaasflips dat ik in mijn hand heb een paaltje langs de weg. Stomme ik.

'Zo jongen, is het gelukt?' Mevrouw Van Daelen heeft haar nette jurk aan. Op tafel staat het zilveren schaaltje voor de kaasflips al klaar. Ik geef haar het zakje en durf niet te kijken als ze het kartonnen bakje eruit haalt.

'O,' zegt ze, 'wat zijn ze klein geworden.'

Alle kaasflips zijn gebroken maar allemaal precies doormidden. Nu weet ik het zeker, als ik zoveel geluk heb, kan ik het wel wagen.

Ik lach en knik. 'Ja, maar het is nog steeds honderdvijftig gram.'

Vader is bezig in het duivenhok. Hij is altijd zenuwachtig voor een wedstrijd. Nog een paar dagen, dan gaan ze in de vrachtwagen naar het zuiden.

Blanche zit in elkaar gedoken te soezen. Het is heel mooi vliegweer, ik zou haar het liefste ook laten gaan. Vader kijkt me raar aan als ik opeens moet lachen.

'Wat lach je?'

'Ik bedacht opeens dat Blanche een postduif is.'

Nu kijkt vader nog raarder. Hij haalt zijn schouders op en gaat verder met schoonmaken.

Nu ik weet hoe ik Jubes een bericht kan sturen, is het een stuk gemakkelijker geworden. Ik schrijf gewoon een briefje, bind het aan een poot van Blanche en laat haar los. Ik weet zeker dat ze naar de kazerne gaat en bijna zeker dat Jubes haar vindt. Misschien raak ik haar kwijt, komt ze nooit meer terug. Zelfs dan doe ik het nog.

Ik heb toch een code bedacht. Voor de zekerheid. Ik heb het uit een boek en het werkt zo: als je allebei het zelfde boek hebt (we hebben allebei natuurlijk *Leven en ontdekkingen van Pieter den Hoedt*), dan zoek je de woorden die je nodig hebt en schrijf je op waar ze staan. P8R5W7 is het zevende Woord op de vijfde Regel op Pagina acht. *Leven en ontdekkingen* schrijf ik op het briefje en daarachter in code de woorden die ik nodig heb: P12R17W9, P4R9W3, enzovoort. *Woensdagavond half negen bij deur.* Ik weet zeker dat Jubes slim genoeg is om het te ontcijferen.

Als mijn vader weg is ga ik naar het hok en maak het papiertje vast aan de poot van Blanche. 'Dag' zeg ik en dan laat ik haar gaan. Ik hoop dat ze terugkomt maar eerst moet ze weg.

Contact

Ik heb er lang over nagedacht en volgens mij zijn er drie
dingen die fout kunnen gaan. Een: Blanche is niet bij de kazerne aangekomen, ze is gewoon ergens anders heen gevlogen. Dat is mijn eigen schuld, dan had ik haar maar vaker
moeten laten vliegen. Twee: Blanche is wel naar de kazerne
gevlogen, maar Jubes heeft haar niet kunnen pakken, ze is
onderweg het briefje verloren of ze was er toen Jubes er niet
was. Gevolg: Jubes heeft het briefje niet gezien en weet niet
dat ik vanavond kom. Drie: Jubes heeft het briefje gelezen,
maar kan niet vanavond. Misschien heeft Elmer het briefje
ook gelezen en heeft hij Jubes vanavond opgesloten. Of Jubes kan niet omdat hij vanavond iets anders moet doen.

Het kan natuurlijk ook gewoon goed gegaan zijn en dan
staat Jubes me om half negen op te wachten. Maar over dingen die goed gaan hoef ik me niet druk te maken.

Moeder moet vanavond om acht uur weg, daar moet ik
op wachten. Vader is meteen na het eten naar boven gegaan
om te klussen. Als moeder weg is moet ik hem waarschuwen
zodat hij kan gaan kaarten.

Ik vind het moeilijk om te doen alsof ik niet aan het wachten ben, maar mijn moeder lijkt het niet te merken. Het is
alsof ze het erom doet. Normaal is ze om tien voor weg, heel
soms iets later, maar nu is het vijf over acht en ze zit nog
steeds te lezen. Ik kan niet wachten.

'Mam? Vergeet je de tijd niet?'

Ze kijkt op. Straks zegt ze: 'Nee, vanavond heb ik vrij' of
'Ik ben ziek' of 'Waarom vraag je het, heb je haast?'

'Ai, zo laat al. Waarom heb je niet eerder omgeroepen?'

Ze staat hoofdschuddend op en pakt haar tas. 'Ik ben laat vanavond. Dag Alexander.'

Ik wacht in de keuken tot ze de poort uit is, dan roep ik naar boven.

'Ik ben om elf uur weer thuis,' zegt vader. 'Wacht niet op me. Als je moeder belt, ben ik in het duivenhok.'

Ik denk niet dat moeder belt, dat deed ze de laatste keer ook niet, maar ik zeg dat ik het begrijp.

Meteen na vader ga ik zelf ook weg. Ik doe de achterdeur dicht, pak mijn fiets en ga moeder achterna. Het is al bijna donker, ik zie de buurvrouw in haar verlichte kamer rondlopen. Zij ziet mij niet.

Het eerste stuk moeten moeder en ik dezelfde kant op en daarom durf ik niet snel te fietsen, maar voorbij de Jaegerlaan, waar zij links moet en ik rechts, trap ik zo hard ik kan. Ergens slaat een kerkklok en ik ben er nog lang niet.

Misschien is hij al weg. Ik kijk om me heen. Verderop sproeien de lantarenpalen als douchekoppen oranje licht, maar hier in de schaduw van de muur is het donker. Er is niemand op straat. Ik stap over het hekje het perkje in en hurk bij de deur.

'Jubes?'

Het duurt even, dan hoor ik wat.

'Jubes, ben jij dat?'

'Ik kan maar heel even blijven.'

'Hoe gaat het?'

'Kwam je om dat te vragen?'

'Nee. Om je wat te vertellen. Je zal het niet geloven maar De Hoop komt hier zaterdagmiddag naartoe, naar de haven.'

'De hoop?'

'Het schip. Van Pieter den Hoedt. Nagebouwd, dat wel, maar helemaal hetzelfde.'

'O.'

'Dat is heel bijzonder hoor.'

'Weet ik, maar waarom vertel je het aan mij? De sleutel is weg.'

'Het maakt niet uit. Ik weet hoe je eruit kan.'

Een plan

Soms moet je iets gewoon op een andere manier bekijken.
Toen ik dat deed wist ik opeens hoe Jubes naar buiten kon.
Het is heel simpel.

'Je hoeft niet door de deur of over de muur.'

'Een tunnel?'

'Nee, anders. Je laat je gewoon naar buiten dragen, in een dropdoos!'

'Nee!'

'Jawel, het kan. Ze zijn groot genoeg. Je moet je alleen goed verstoppen. En de goede doos kiezen.'

'Net als Hugo de Groot!'

'O, dat wist ik niet. Als Hugo het ook met een dropdoos geprobeerd heeft, zal Elmer daar wel op letten.'

'Hugo de Gróót! Met die kist.' Ik hoor zijn 'tss' en zie in gedachten hoe hij zijn hoofd schudt. Hoe dom kan je zijn. 'Laat maar. In een dropdoos?'

'Ja, het kan. Elmer brengt ze buiten en zet ze bij Olmer op de stoep. Je bent vast niet zwaarder dan een volle doos. Elmer merkt dat niet. Het enige waar je op moet letten is dat je in de goede doos zit en dat hij er niet in kijkt voor hij hem dichtplakt.'

'Stik ik niet?'

'Welnee, er zitten kieren in, daar kan je makkelijk een dag in zitten.'

'En als ik nou kramp krijg?'

'Dan niet. Ik moet gaan. Zorg ervoor dat je op tijd bent. Anders missen we De Hoop.' Ik pak mijn fiets en stap op. 'Jubes? Is Blanche nog bij jou?'

'Ik heb haar meteen weer laten vliegen.'

Ik ben haar kwijt. Een koude rilling loopt van mijn kruin tot de onderkant van mijn rug.

'Alexander?'

'Ja.'

'Tot zaterdag.'

De rest van de week spreek ik Jubes niet meer. En Blanche is nog steeds kwijt. Ik tel de dagen en doe mijn taken. Wegstreepdagen zijn het, allemaal hetzelfde, allemaal te lang.

Hoe dichter ik bij zaterdag kom, hoe zenuwachtiger ik word. Ik slaap ook slecht. Aan tafel voel ik moeder naar me kijken. Ze maakt zich zorgen. 'Er is niks,' heb ik al tien keer moeten zeggen.

Ik begin wat eerder met de folders zodat ik op tijd bij de kazerne ben. Op de hoek van de straat ga ik achter een auto staan en wacht tot de poort opengaat. Tien over twaalf zwaaien de deuren open en rolt de auto van Elmer naar buiten. Ik pak mijn fiets maar wacht tot hij voorbij is voor ik opstap. Al bij de eerste bocht ben ik hem kwijt maar ik weet waar hij naartoe gaat.

Elmer heeft de dozen al uitgeladen als ik de straat in rij. Ik zet mijn fiets net om de hoek op slot. Olmer is naar buiten gekomen en staat te praten met Elmer. Ze schudden handen en dan stapt Elmer in. Olmer pakt een klein doosje en loopt ermee naar binnen. Als Elmer de straat uit is steek ik over.

'Jubes?' fluister ik. 'Ben je daar?'

'Hallo jongen.' Mijn hart slaat over van schrik. Naast me staat Olmer met een steekwagen. Ik had de winkelbel niet gehoord, hij heeft de deur open laten staan.

'Dag meneer Olmer.'

'Mag ik even?' Hij duwt de steekkar onder een doos. Nu word ik echt zenuwachtig.

'Eh, heeft u voor mij...?'

'Ogenblikje, even de dozen naar binnen.'

'Ik eh, heb een beetje haast. Het is voor mijn moeder.'

'O, nou, zeg het dan maar.' Olmer laat de steekwagen los en loopt voor me uit de winkel in.

'Ik eh, groene zeep. Heeft u dat?'

Olmer pakt een pot. 'Kijk eens, anders nog iets?'

'Eh, ja een eh, een dinges. Zo'n ding om...' Wat doe ik? Zo win ik geen tijd, zo gaat Olmer niet weg, zo kan ik Jubes niet uit de doos helpen. '...om aan een kraan te draaien.'

'Een perlator. Een ogenblikje.' Olmer verdwijnt achter een rek. 'Even zoeken hoor.'

Als ik me omdraai stapt de buurvrouw de winkel binnen.

'Zo jongen, ben je boodschappen aan het doen?'

'Ja, maar ik ben mijn lijstje vergeten. Dag.' Snel ren ik naar buiten en ga uit het zicht van de winkelruit staan.

'Jubes?' Niets. Straks sta ik tegen een doos drop te praten. 'Jubes?'

Ontsnapt

'Jubes?'

De kleinste doos beweegt. Door de etalageruit zie ik hoe Olmer de buurvrouw laat zien hoe ze met een lange stok met een grijpertje aan het einde een pot van een hoge plank kan pakken. Haastig trek ik de doos open. Jubes ligt erin, opgevouwen als een baby. Hij knippert met zijn ogen tegen het buitenlicht.

'Snel.' Ik pak zijn arm en Jubes struikelt uit de doos. Samen rennen we de hoek om en we stoppen pas als we bij mijn fiets staan. Niemand is ons gevolgd. Hijgend staan we tegenover elkaar. Jubes had beter een grotere doos kunnen nemen, hij heeft rode slaapstrepen op zijn gezicht. We kijken elkaar aan en dan beginnen we allebei te lachen. Gelukt!

Jubes heeft nog nooit achterop gezeten. Zijn benen slungelen over de straat en als een voet de grond raakt valt hij er bijna af.

De rivier is niet ver, maar omdat ik niet langs huis wil gaan en niet in de buurt van de kazerne wil komen maak ik een grote omweg.

'Alexander! Stop!'

Ik rem hard en Jubes bonkt met zijn hoofd tegen mijn rug. 'Wat?'

'Kijk!'

In de etalage staan drie televisies. Een gespierde man zit op een roeiapparaat, een vrouw naast hem kijkt toe. Jubes is afgestapt en staat zo dicht bij de ruit dat je zijn adem op het glas ziet.

'Ik had het nog nooit gezien.'

'Het is stom, roeien op het droge.'

'Nee, dat niet, dát. Ik had ze nog nooit aan gezien, alleen op plaatjes.'

'Televisie?'

Jubes knikt. Na het roeiapparaat komt een apparaat waarop je twee pedalen om de beurt omlaag moet trappen, alsof je een trap op klimt. Jubes grijnst en beweegt mee.

Door de etalage staat een verkoper naar ons te kijken.

'Zullen we gaan?'

'Even nog.'

'Hé, jullie, doorlopen.' De verkoper is naar buiten gekomen. 'Ga je moeder pesten.'

Met tegenzin loopt Jubes verder. Een hoedenwinkel, een slager. Hij bekijkt de worst alsof het speelgoed is. We gluren naar binnen bij de drogerij. Het is mooi weer, de winkel is bijna leeg. Een bakker met plastic brood in de etalage en een bakkerspop die met een houten schep zwaait. Hoe verder we lopen, hoe drukker het wordt op straat. Jubes kijkt niet meer naar de winkels. Hij loopt strak langs de gevels en kijkt met staarogen naar de mensen die voorbijkomen.

'Wat is er?'

'De mensen. Het geluid, het is zo veel.'

Dan hoor ik het ook. Kinderen huilen, honden blaffen, auto's toeteren.

Ik geloof niet dat hij achteropzitten erg leuk vindt, maar het is beter dan lopen. Een paar straten door, en dan zijn we bij het Van Noordt-park. Ik kom hier wel eens met Rex. Langs de rivier staan bankjes, daar kunnen we De Hoop opwachten.

'En nu?'

'Wachten.'

'O.'

Jubes zit op het bankje en kijkt over de rivier. 'Heb je een hengel?'

'Nee.'

'Zullen we varen?'

'Ik heb toch geen boot.'

Jubes knikt. Hij pakt een handje grindsteentjes en gooit ze eerst een voor een en later met een paar tegelijk in het water. 'Hoe lang nog?'

'Ga je dat de hele tijd vragen, nog twee uur.'

'Gaan we twee uur wachten?'

'Ja, wat dan?'

'Kunnen we hem niet tegemoet gaan?'

'Dat kan niet. Verderop gaat de weg niet meer langs de rivier. Dan zitten er fabrieken tussen.'

'Aan de overkant kan het wel. Kijk maar.'

Jubes heeft gelijk, aan de overkant loopt een weg langs het water, links tot voorbij de brug, rechts tot zover je kan kijken.

'Nou?'

'Zo ver ben ik nog nooit geweest.'

Jubes lacht me uit. 'Ik ook niet. Wat maakt dat nou uit?'

'Misschien weten we dan de weg terug niet meer.'

'Ik snap je niet. Je kan overal naartoe, je hebt een fiets en niemand houdt je tegen maar je doet helemaal niets. Je bent nog strenger dan Elmer, maar dan voor jezelf. Ben je bang?'

Ja, ik ben bang. Voor ik Jubes kende had ik nog nooit iets gedaan wat niet mocht, het braafste jongetje van de klas. Als ik een hond was, zou ik niet eens voelen dat ik aan de riem liep. Maar nu, met Jubes... 'Oké, we rijden hem tegemoet.'

We volgen de weg tot de brug en steken dan over. Halverwege stoppen we even. Jubes hangt over de reling en spuugt naar beneden. Hij lacht en springt op en neer. Ik spuug ook (Alexander toch!), kijk het witte stipje na.

Aan de overkant volgen we de weg langs het water, voorbij het parkje aan de overkant, voorbij de fabrieken tot de weg naar links draait, weg van de rivier.

We gaan in de zon in het gras zitten. Achter ons komen nieuwsgierige koeien dichterbij. We voeren ze gras, aaien hun harde koppen. Jubes lacht als een koe met haar schuurtong zijn hand likt.

'Hoe lang nog?'

'Een uurtje.'

Jubes gaat achterover liggen en doet zijn ogen dicht. Hij glimlacht.

Ik ga naast hem liggen. Samen luisteren we naar de koeien die gras scheuren, naar de rivier die smakkend aan de oever proeft, naar de fluisterende bomen achter ons en het gras dat antwoordt.

Ik doe mijn ogen open en kom overeind. Jubes staat een stukje verderop als een gek te zwaaien. Midden op de rivier vaart De Hoop. Ze is een beetje kaal zonder zeilen en ook niet zo groot als in mijn gedachten, maar dan zie ik de eenhoorn met de vissenstaart op de voorkant, de kleine mensjes op het dek en dan lijkt ze een koningin met de sleepboot als bewaker voor zich uit. Ze komt dichterbij, langszij. Jubes staat nog steeds te springen en te zwaaien, ik ren naar mijn fiets.

We rijden slingerend met haar mee voorbij de brug die openstaat om haar door te laten, voorbij de kazerne aan de overkant van de rivier, met de bocht mee tot we niet verder kunnen. Even verder voor het havengebouw ligt De Hoop stil. De kade staat vol mensen, sommige zwaaien met vlag-getjes. Dan een flits en een wolk rook en daarna de knal die over het water naar ons toe rolt. Drie keer.

Jubes zucht. 'Mooi,' zegt hij. 'Heel mooi.'

Dan vaart ze door. We kijken haar na tot ze achter de schoenenfabriek verdwijnt.

Het is nog warm. Iets terug is een zandstrandje. Ik trek mijn schoenen uit en rol mijn broekspijpen een stuk op en loop door het ondiepe. Jubes doet me na.

'Koud!'

Te koud om te zwemmen. Jubes is het eerst bij het riet.

'Mooi, lijkt wel bamboe.' Als hij een halm afbreekt springt een kikker vlak voor hem in het water.

Jubes gilt en valt achterover. Snel krabbelt hij overeind.

'Wat?'

'Een beest!'

'Een kikker.'

Jubes knikt, 'Een kikker, dat wist ik wel.' Hij druipt, zijn broek en de onderkant van zijn trui zijn nat.

'Je moet je kleren uitdoen anders krijg je het te koud.'

Jubes trekt zijn trui en zijn broek uit. We wringen ze uit en leggen ze in het gras te drogen. Ik geef hem mijn jas maar het helpt niet veel; Jubes zit te klappertanden en krijgt lang-zaam paarse lippen. In gedachten aait hij het gras alsof het haren zijn van een hond. 'Ik denk dat ze heel boos zijn.'

Ik denk het ook. Jubes draait zijn hand om een pluk gras en trekt eraan. Als het scheurt valt hij bijna tegen me aan.

'Misschien...' Ik denk hardop. Het is een wild plan. Alsof je de zee in loopt en zonder om te kijken begint te zwem-men. Het is een wild plan maar wat moeten we anders?

Het Behouden Huis

Jubes zit stil achterop. Zelf begin ik het ook koud te krijgen en ik heb honger. Ik stuur om de slagboom heen, steek het parkeerterrein over en fiets alsof we hier thuishoren. Ik moet even zoeken maar ik vind het huisje van de buurvrouw wel.

'Voilà.'

'Mooi.' Jubes loopt vooruit. Hij keurt de groente, aait de prei en loopt naar de appelboom om te kijken naar de appels. De sleutel ligt nog onder de kabouter.

De sleutel pakken is de eerste stap, de deur openmaken de tweede. Na de derde stap (dat ik echt naar binnen ga) maakt het niet meer uit. De drempel is net de kazernemuur, aan de andere kant kom je niet per ongeluk. Nu krijg ik vast ook nog ruzie met buurvrouw en dat vind ik heel erg, maar ik weet niet hoe het anders moet.

Als ik toch al ruzie krijg, maakt het ook niet uit als ik wat te eten pak. In mijn hoofd maak ik een lijstje zodat ik het later terug kan geven: een half pak crackers, bosbessenjam, aanmaakcassis, een rol Zaanse kermis. Ik dek de tafel. Jubes komt binnen met een bos wortels, hoe ik die nou op het lijstje moet zetten...

Ik heb mijn eerste hap al binnen. Jubes kijkt geschokt. Hij stroopt zijn broekspijpen op en gaat naast de tafel op zijn blote knieën zitten en begint stil te bidden. Ik durf niet te kauwen. Dan komt hij eindelijk overeind.

'Dank je niet?'

Ik schud mijn hoofd.

'Nooit?'

'Nooit.'
'O.'

Nu we gegeten hebben voel ik me een stuk beter, maar de kleren van Jubes zijn nog steeds klam. In de kast liggen kleren van de buurvrouw, niets dat past, maar onderin ligt een overall die Jubes wel aan kan. Ik doe de oliekachel aan en we hangen de kleren over een stoel ervoor. Zelf gaan we op het bankje zitten en vallen door de warmte bijna in slaap.

'Morgen is het weekslot. 's Middags moet ik helpen in de kas.'

'Ik moet mijn moeder helpen, op haar werk. En 's middags mijn vader met de duiven.'

'Leuk.'

'Niet altijd. Een keertje niet is ook wel leuk.'

'Een keertje niet, dat is ook wel leuk,' grinnikt Jubes. Uit zijn broek over de stoel haalt hij een glimmend blok drop, breekt het in tweeën en geeft mij de helft.

We praten, sloom van de warmte, over De Hoop en over de stad. Over de koeien en de rivier en over televisies die gratis aanstaan voor mensen op straat. We hebben het niet over thuis terwijl we daar het hardste aan denken. We spreken niet eens af om te blijven, ik doe gewoon de gordijnen dicht en de deur op slot.

De bank is een bed, we klappen hem open. Het is breed genoeg om naast elkaar te liggen. We doen de afwas, ik was mezelf en spoel mijn mond. Jubes zit weer te bidden.

Er is maar één hoofdkussen. We liggen in bed met onze hoofden zo dicht bij elkaar dat een gedachte makkelijk kan overspringen. Misschien is het wel een gedachte van Jubes die ik denk. Dat het zoet is maar met een bijsmaak omdat het maar heel even kan duren. Tot we betrapt worden, tot we teruggaan.

'Alexander? Hier.'
'Wat is het?'
'Een klaasvaak, dan...'
'...slaap je lekker.'

Als ik 's morgens wakker word, zit Jubes naast het bed te bidden.
'Moet het zo vaak?'
'Ja dat moet en je moet er niet steeds naar vragen.'
Ik doe de gordijnen open, de zon komt over de heg.
Op het bankje voor het huis eten we crackers met bosbessenjam.
'Het weekslot begint nu.'
'Mijn moeder gaat nu naar haar werk.'
'Wat gaan wij doen?'
'We kunnen naar de stad.'
'Ik wil liever hier blijven.'
Jubes wil het gras maaien, dat heeft hij nog nooit gedaan. Hij rent heen en weer met de maaier. Als hij het losse gras later bij elkaar geharkt heeft, gaat hij midden in de bult liggen en gooit het omhoog zodat het over hem heen regent. Ik schoffel de groentebedden en veeg de stoep.
Opeens schiet Jubes overeind. Hij gebaart dat ik stil moet doen. Voorzichtig leg ik de schoffel neer en sluip met Jubes naar de zijkant van het huisje.
'Odille?' Een man steekt zijn hoofd door een opening in de heg. 'Zin in koffie?'
Van achter het huisje gluren we naar het hoofd. Hij roept nog een keer en dan verdwijnt hij.
Als de buurman aan de andere kant van de heg is, kunnen we niet in de tuin blijven. We dwalen door het park en spelen het Behouden Huis: sluipen alsof achter iedere heg een

ijsbeer tevoorschijn kan komen. Als we de buurman voorbij zien fietsen gaan we terug.

Sla

'En nu?'

Jubes kijkt naar de grond. Onder de bank is het gras plat-getrapt en in de kale voetafdruk is een regenworm omhoog gekomen. Jubes buigt voorover, pakt de worm en sluit zijn hand.

'Nou?'

De worm piept tussen zijn wijs- en middelvinger door naar buiten. Jubes haalt zijn schouders op. 'We kunnen niet blijven.'

'Wil je terug?'

Jubes kijkt op. Dan gaat hij staan en gooit de worm met een zwaai in de zwarte aarde van de groentetuin. Hij knikt en loopt terug naar het huisje. Ik kijk hoe hij binnen zijn kle-ren bij elkaar pakt. 'Jubes?'

Door de spiegeling in de ruit zie ik mezelf en Jubes tege-lijk. 'Nog een laatste keer eten?'

Hij glimlacht en knikt. Ik ga in de groentetuin op zoek naar een mooie krop sla en wat wortels.

Er zitten witte vliegjes op de sla en de wortels zijn aange-vreten en rubberig. Ik verzamel een bosje en draai de mooi-ste krop uit de grond. Als ik opkijk zie ik twee benen, een uniform, een agent.

'Zo. Wil het een beetje lukken?'

Ik kijk om. Bij de deur van het huisje staat Jubes naast een andere agent. We kijken elkaar aan en ik denk: mis-schien is dit wel de laatste keer dat ik hem zie. En dan denk ik: als dit de laatste keer is dat ik hem zie, dan onthoud ik dit en ik denk dat Jubes dat op precies hetzelfde moment ook denkt. En dan glimlachen we, alsof er geen agenten zijn.

Het bureau

'Overste van Hamellaan. Klinkt niet alsof je iets tekort-
komt. Papa en mama hebben vast wel centjes genoeg om
een krop sla voor je te kópen. Denk ik zo.' De agent gaat
achterover zitten en kijkt me strak aan.

Dat denkt iedereen. Dat je stikt van het geld als je in zo'n
huis woont.

'En je vriendje, woont die daar ook, in de Overste van
Hamellaan?'

Ik schud mijn hoofd.

'*Nee, agent die woont daar niet.* Je bent je tong toch niet verloren?'

'Nee agent, die woont daar niet.'

'En? Waar woont hij wel?' Nu buigt hij voorover.

'Dat kan ik niet zeggen.'

'Dat is een geheimpje. Dat mag meneer Alexander uit de
Overste van Hamellaan niet vertellen. Laat ik je dit zeggen,
Alexander. Dat ga je wel vertellen. Anders zit je hier nog
heel, heel lang.'

Ik zeg niets, bijt op mijn lippen en kijk naar het tafel-
blad.

De agent rolt zijn bureaustoel naar achteren en doet de
deur open. 'Breng hem maar terug. Meneer wil nog even
nadenken.'

Misschien denkt hij dat ik het vervelend vind om opgesloten te zitten. Maar dat is niet zo. Ik vind het alleen erg voor
mijn moeder. Ik denk dat ze nog liever door het ziekenhuis
gebeld zou worden dan door de politie.

Jubes zit verderop in de gang. Die vindt een gevangenis helemaal niet erg, die is niet anders gewend.

Mijn broek is vies, zulke zwarte knieën heb ik nog nooit gehad. Zwarte nagels. Er lopen mensen door de gang. Jammer dat er geen raampje in de deur zit. Ik denk dat het Jubes is. Met een muur ertussen, net als de eerste keer. *Hoe hoe* roep ik, als een duif. Even is het stil dan klinkt er een antwoord vanaf de gang: *hoe hoe*. Een deur gaat open, een deur gaat dicht en dan is het stil.

Duivendrop

Mijn moeder huilt als ze me komt halen. Ze zegt niets maar geeft me een hand en zo lopen we samen het politiebureau uit. Ik zie nog net hoe de blauwe bestelbus van Elmer de straat uit draait.

De eerste week praat moeder bijna niet tegen me. Vader heeft het er niet over, misschien vindt hij het gewoon niet zo belangrijk. Hij heeft het ook druk met andere dingen. De buurvrouw praat er ook niet over. Toen we weggingen was het huisje precies zoals toen we kwamen, op de crackers, de koekjes en wat groente na dan. We hebben zelfs het gras gemaaid.

Rex heeft me gemist. Springen kan hij niet meer, maar hij steekt een poot op en kwispelt en blaft als ik hem weer kom ophalen.

In de buurt van de kazerne kom ik niet meer. Ik zou wel willen maar als ik nu betrapt wordt doet Elmer me zeker wat aan. Ik ben ook bang dat hij Jubes wat doet.

Ik heb geen nieuwe taken gekregen, de vorige keer heeft het ook niet geholpen. In plaats daarvan danst mijn moeder niet meer met me. Een maand geleden was het een beloning voor me geweest, maar nu... Ik heb liever dat ze boos op me is. Daarom doe ik extra mijn best, op mijn taken, op mijn huiswerk en help zoveel ik kan. Als ik Rex uitlaat en hij loopt in de richting van de kazerne sta ik stil en wacht tot hij omkijkt. Als hij ziet dat ik echt niet verder ga, draait hij om en kiest een andere weg. Rex is een slimme hond.

Vanmorgen, bijna op hetzelfde moment dat de duiven van mijn vader achthonderd kilometer verderop losgelaten werden, kwam Blanche terug. Ik zat in de keuken en zag haar op de tuinbank landen. Eerst durfde ik niet naar buiten te gaan, ik was bang om haar weg te jagen. Toen ik het toch deed, bleef ze gewoon zitten, kon ik haar zelfs zomaar pakken. Ze zag er een beetje stoffig uit en sommige veren waren rafelig maar ze leek me gezond. Vader heeft haar niet gemist. Hij was te druk met zijn eigen duiven. Ik kan haar binnen zetten zonder bang te zijn dat hij erover begint dat ze lang weg is geweest. Een halfuur heb ik naar haar gekeken, hoe ze at en dronk en later hoe ze in een nisje in slaap viel. Ik had er niet op gerekend, ik ben er heel erg blij om.

Vier dagen later krijg ik een pakje. De buurvrouw heeft het van Olmer gekregen, het zat bij een gewone bestelling en hij wist niet wat het was. *Mevrouw de Oudste, Overste van Hamellaan* stond erop. Toen ze het thuis uitpakte zat er een nieuwe verpakking onder waarop geschreven was: *Voor Alexander uw buurjongen.*

Het pakje ligt op tafel als ik thuiskom. Ik neem het mee naar boven. Op de rand van mijn bed maak ik het voorzichtig open. Er zit een doosje in. Er zit ook een briefje bij. Vier keer gevouwen, net als de briefjes die Jubes over de muur gooide.

Beste Alexander,

Als je dit leest zijn we weg. Het komt niet alleen door ons, ze waren al op zoek naar een andere plek voor de fabriek. Maar nu moest het snel want ze vertrouwen me niet meer. Ik ben twee keer ongehoorzaam geweest. Ze denken: na twee keer komt drie keer en ik denk dat ze daar

gelijk in hebben. Maar ze houden me niet voor altijd tegen. Als ik kan
kom ik je zoeken.

Je vriend Jubes

Ik maak het doosje open. Er zit drop in. En dan zie ik het:
het zijn duiven. Het is duivendrop. Zoet zijn ze en een beetje zout, maar dat laatste kan ook door mijn tranen komen.

Gelost

Jubes is weg, maar hij kan terugkomen. Ik had Blanche bijna opgegeven en die is ook teruggekomen. Ik mis Jubes en ik denk dat hij mij ook mist, anders had hij de drop niet gestuurd. Dan had hij geen briefje geschreven. En als hij het durft, durf ik het ook, als hij mij zoekt, zoek ik hem. Maar waar?

Ik zet mijn fiets aan de overkant van de straat, voor de zekerheid, en steek over. Zelfs vlak bij de muur hoor ik niets. Ik ruik ook niets. 'Jubes!' roep ik. 'JUBES!'

Geen antwoord, zelfs geen 'Sst'.

Ik stap het perk in en bons op de deur. Ik zou willen dat Elmer de hoek om kwam rennen, dat hij zijn hoofd boven de muur uit stak, maar het blijft stil.

Ik stap het perk weer uit en volg de muur tot de hoek en dan naar de poort. Van een afstand zie ik het al: om de grepen op de poort zit een ketting, hij is vanbuiten dichtgemaakt. Een stukje verder staat een container vol plastic en dozen. Kartonnen dozen, net als die waarin Jubes ontsnapt was, net als zijn museumdoos.

En dan zie ik hem, helemaal boven op de stapel, een doos waar met zwarte letters *Laten staan* op geschreven is. Ik klim in de container en vouw de doos voorzichtig open. De chipszak, blikjes, bierdoppen, de reclamefolder, de krant... ik mag de doos niet laten staan. Hij is groot, maar niet heel zwaar. Ik neem hem mee, ik bewaar hem gewoon op mijn kamer of anders bij de buurvrouw. Voor Jubes, tot hij weer terug is.